宮中は噂のたえない職場にて 三

天城智尋

角川文庫
24245

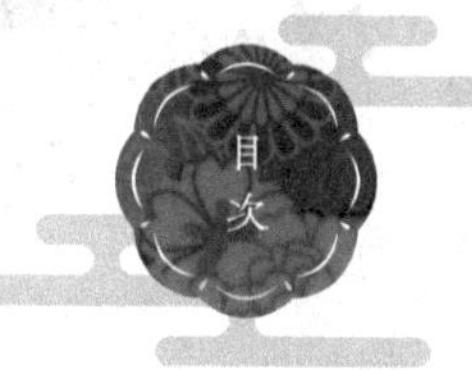
目次

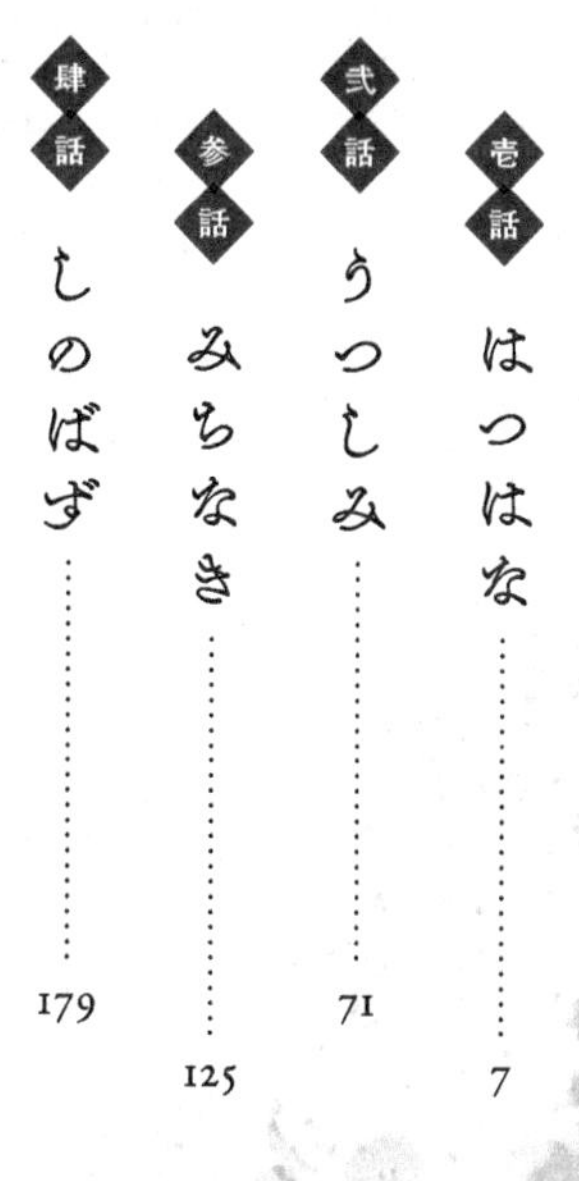

梓子

藤袴小侍従の名で梅壺にお仕え中。幼いころから人ならざるモノが視え「あやしの君」などと呼ばれている。受けた仕事は完遂する、が信念。

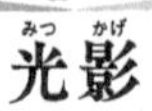

光影

右近少将。帝の寵臣。左大臣の猶子。艶めいた噂がたえず当代一の色好みで知られる美貌の貴公子。常にやや寝不足気味で気だるげ。二世の源氏。

イラスト／woonak

帝（みかど）

今上帝。主上。光影がお気に入りで強い信頼を寄せる。自由で飄々とした一面も。

左大臣（さだいじん）

現宮中で臣下として最高位にある人物。光影の猶父。

桔梗（ききょう）、紫苑（しおん）、竜胆（りんどう）、女郎花（おみなえし）、撫子（なでしこ）

梅壺に仕える梓子の同僚の女房たち。それぞれ一芸持ち。

多田兼明（ただのかねあきら）

梓子の乳母子。左近衛府の近衛舎人。過保護な兄のような存在。

典侍（ないしのすけ）

梓子の乳母・大江の妹。梓子のことを何かと気にかけている。実質的な宮中女官のまとめ役。

左の女御（ひだりのにょうご）

凝華舎（梅壺）を賜っている、凛とした雰囲気の女御。左大臣家の大君（長女）。

萩野（はぎの）

梅壺の女房の統括役を務める熟練の女房。

柏（かしわ）

梅壺に仕える女房。宮中の噂話を集める役割を担う。

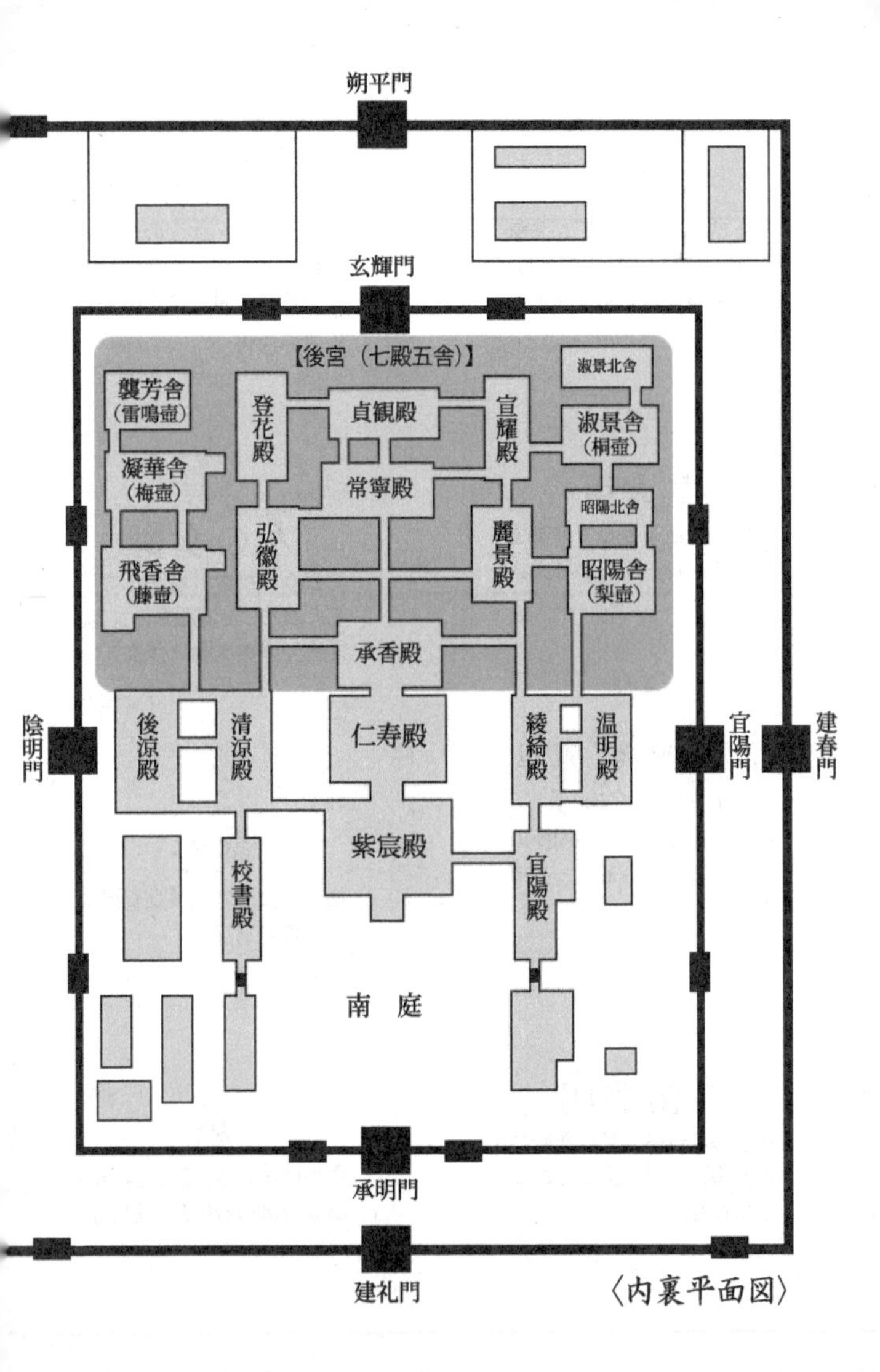
朔平門
玄輝門
【後宮（七殿五舎）】
淑景北舎
襲芳舎
（雷鳴壺）
登花殿
貞観殿
宣耀殿
淑景舎
（桐壺）
凝華舎
（梅壺）
常寧殿
昭陽北舎
弘徽殿
麗景殿
飛香舎
（藤壺）
昭陽舎
（梨壺）
承香殿
陰明門
後涼殿
清涼殿
仁寿殿
綾綺殿
温明殿
宣陽門
建春門
紫宸殿
校書殿
宜陽殿
南庭
承明門
建礼門
〈内裏平面図〉

壱話

はつはな

■ 序 ■

京の最奥に、この国を治める帝の住まう内裏がある。その内裏の北側、七殿五舎からなる建物群を後宮と呼ぶ。帝の妃、仕える女房など数多の女人が暮らしている。

　この内裏に出仕している女房たちは、貴人の御前で失礼がないように正装、五衣唐衣裳をまとっている。女御もまた帝の御前に伺候する際には裳を着け、唐衣をまとうが、自身の殿舎で女房たちを前にくつろいでいるときはやや軽装の小袿姿だ。ただ、女房は正装で宮中を行き交っていた。

　左の女御に仕える女房の一人で、女御より藤袴小侍従の女房名を賜った梓子も、五衣唐衣裳で宮中の渡殿を進んでいた。

　季節は夏。あえて言うまでもないが熱くて暑い。古都・奈良のように白妙の衣を干した香具山が見えずとも、その暑さだけで夏の訪れを感じられるのが、京である。いくら夏用の衣に替わっていようと暑い。それでも、宮中女房として涼しげな顔を維持して、梅壺へと急いでいた。

　いつもならどこからか聞こえてくるひそひそ話もない。日差しがちょうど廂の中ほどまで入ってきている。暑くて御簾の際になど誰も好んで出てきていないのかもしれない。

そんなことを考えて、いつもより少し足早に渡殿を進んでいた梓子を、噂ではなく、直接呼び止める声がした。

「もし、藤袴小侍従殿？」

梓子は渡殿の途中で止まった。聞こえる程度の距離を保って、名を出さずに色々と言われることが多い身なので、間近でそう呼ばれたことに驚いたからだった。声のしたほうを振り向けば、近くの御簾の端から女房が一人、顔を半分ほど覗かせている。

誰だろうか、そう思う梓子とは異なり、相手は梓子の顔を食い入るように見つめて御簾の外へ出てきた。

「……あら、もしかして。あなた、梓子じゃなくて？」

おっとりとした口調でそういう彼女は、唐衣に裳を着けた女房装束をまとっていた。しかも裳に描かれているのは、夏の花『朝顔』だった。夏の草花を女房名とするのは右の女御に仕える女房の特徴だ。

左の女御に仕える梓子には、名を呼ばれるほど親しい人物などいないはずだ。

だが、梓子も相手の顔をよくよく見て、思い当たる。

「もしや、頼子さん？　隣のお屋敷にいらした……」

十年ほど前まで、多田の邸宅のお隣に住んでいた公卿の中の君（次女）だった。公卿であった父親が政治的な問題で受領となり、家族とともに下向し、その後、多田が邸を今の場所に移したので、お隣さんの縁が途絶えたままだった。久しく口にしていなかった名だが、自然と親しみがにじんだ。そのことに気づいてか、朝顔が微笑む。

「そう、あなたが『藤袴小侍従』殿だったのね。なら、信頼できるわ」

御仏に祈るように梓子の右手を両手で挟んだ朝顔が、その手を自身に引き寄せた。

「あず……いえ、藤袴殿。私を助けてちょうだい。私、どうやらまた怪異に遭遇してしまったみたいなの」

「ああ。また……ですか。相変わらずですね、貴女は」

約十年ぶりの笑顔の再会ではあるが、その挨拶の内容は、まったく和やかなものではなかった。

梓子はすばやく視線だけを動かして周囲を確認する。朝顔が出てきた御簾の向こう側に、先ほどとは違い人が集まってきている気配がする。御簾の端近に出てくる暑さよりも怪異話への好奇心が勝ったようだ。

「……ここで、我々二人がその種の立ち話をするのは良くないと思います」

梓子は、誰が聞いているとも知れない場所で話す内容ではないからと場を移すことを提案した。だが、そこでお互いにどこへ行こうと無言で幼馴染と向き合うことになる。

それというのも、左の女御を主とする梅壺に右の女御に仕える女房を招き入れるのは、あちらから何を言われるかわからないし、逆もまた同じかそれ以上に、左側の女房が右の女御を主とする弘徽殿に何用だと問題視されるのは目に見えているので、どちらかの局に相手を招くということができないからだ。

「そんなところで、なにを睨み合っているの？」

さっそくどちらかの殿舎の者に見つかってしまったかと、恐る恐る声のしたほうを見れば、以前『つきかけ』の件で知り合った承香殿の王女御に仕える女房の楓だった。

「睨み合ってなどおりませんよ、楓殿。かつてのお隣さんとの再会の喜びよ」

頼子は楓にそう言ってから、梓子に楓を紹介する。

「こちらは、いまのお隣さんの楓殿よ」

大雑把だが、右の女御に仕える朝顔が王女御に仕える楓と近しい様子である理由は分かった。

「そうですか、楓殿がいまの……あっ！　楓殿、とてもいいところにお声がけくださいました。ぜひとも、お隣さんつながりでお助け下さい！」

梓子は朝顔がそうしたように楓の手を両手で挟み、引き寄せた。

「えぇ、なにそれ？　わたくしは、とても悪いところに居合わせてしまったようにしか思えないのだけれど」

身を引こうとする楓に、朝顔が微笑む。

「いえ、楓殿は、ちゃんといいところに居合わせてくださいましたよ」

それが誰にとって『いいところ』なのかは言及しなかった。

楓の局は、梅壺の女房たちの局ほどは広くない。王女御に仕える女房は、梓子たち左の女御に仕える女房に比べて多い。そのため、殿舎に局をもらえる女房も一人に与えられる広さも限られているので、広く使うために相部屋にしていることもある。その几帳で区切られた局に女房が三人集うとまあまあ狭い。もっとも、梅壺では例外的に手狭な梓子の局であったなら、きっともっと狭い思いをしたことだろう。なにせ、梓子の局には、紙束や草紙、文机に二階厨子などとにかく物が多すぎる。

「まさか、頼子さんが右の女御様にお仕えとは」

「私も梓子が宮仕えしているとは思わなかったわ」

二人で、ひいなあそびをしていた幼い頃に戻った気分で、改めて再会を確かめ合うが、なんとなく視線を感じて身を正す。

「ば、場所の提供、ありがとうございます。楓殿」

慌てて二人で頭を下げれば、局の主である楓が若干煩のあたりを引きつらせて返す。

「いいのよ、全然！　……でも、わたくしは場所の提供をしたわけではないわ。お二人が、わたくしの局をたまたま同時に訪ねてきた。そうでしょう？　左右それぞれの女御に仕える知人が偶然にも同じ時にいらした。承香殿の女房としては、どちらを優先とかないから、そのまま一緒にお話しすることになっただけ、ね？」

左でも右でもない王女御を主とする承香殿に会談の場を借りているわけだが、表向き、偶然にもそれぞれに今上の後宮三女御に仕える女房が一堂に会しているという話になっている。意図があって会談となると色々勘繰られるからだ。

「だから、お互いに『藤袴』と『朝顔』で、ね」

楓の笑みには迫力があった。朝顔と二人でこくこくと頷いて見せた。

「……それでは、朝顔殿。いつ、どこで、どのような怪異に遭遇したのか話していただけますか」

「まあ、藤袴殿。昔より怪異話の聞き取りをするのに慣れた感じがする！」

朝顔の感嘆に、楓がしみじみと返す。

「宮中というところは、大なり小なり常に怪異が起きておりますから、藤袴殿も慣れもしますよ」

楓こそ、目の前で怪異話が始まろうとしているのに、全く動じていない。

「楓殿は、怪異遭遇の当初から肝が据わっている感じでしたが？」

楓の場合、慣れではなく、個人の気質の問題と思われる。

「だって、あの骸骨、双六があまりにも弱すぎて。なんか最終的に見た目の恐怖とかどうでもよくなってしまって……」

自身が縛ったモノに言うのもなんだが、楓にこんな風に言われては『つきかけ』も浮かばれないのではないか。

「え？　骸骨なんて出るんですか？」

朝顔が眉を寄せて、問う。梓子は大きく頷いた。

「出たんですよ。宮中の何か所かに。……もしかして、朝顔殿は最近宮中に？」

あの件は、宮中でそれなりに噂になったはずだ。右の女御の陣営は、宮中の噂にも敏感という話を聞いていたが、実際はそうでもないのだろうか。

「ええ。春ごろにお辞めになった方がいらして。その補充です」

春頃に弘徽殿を辞めた女房とは、もしかしなくても『くもかくれ』の時の女房、夕顔のことだろうか。なるほど、『つきかけ』のあとに起きた話だから、知らないのも無理はない。しかし、そうなると、朝顔の出仕は、少なからず梓子のしたことが影響しているということになる。

「では、弘徽殿から『補充のため出仕せよ』と朝顔殿にお声がけが？」

梓子が問うと、朝顔が笑う。

「いえ、親戚筋からいただいたお話でした。……我が殿は、春の除目にて讃岐介となりました。讃岐は上国ですから良きところにございますが、殿は歌人として多少知られた身であり、折々に上の方々からお声がけいただくこともしばしば。……ですが、任地に下向となりますと、そういったお話もなくなります。京では忘れられてしまうかもと殿が嘆かれておりましたところに、出仕のお話を。曰く、私が出仕することで宮中で殿の名を広めてはどうか、と」

どうやら出仕は朝顔にとって悪い話ではなかったようだ。そうであれば、良かった。

それにしても、宮仕えの理由というのは、本当に人それぞれだ。

「なら、目標は達成ですね。朝顔殿の許に讃岐介殿の文が頻繁に届く話はすでに有名ですもの。右の女御様も、添えられた歌を楽しみにされているとか？」

楓が、からかうように言う。さすが、承香殿の女御。左側には入ってこない右側の話も、しっかり把握している。

「……朝顔殿の出仕は、わたくしとしても嬉しいお話ですが、女御様にお仕えする女房が、うちより多く、梅壺の倍ぐらいは居る弘徽殿で、一人抜けただけでも補充ですか」

楓が笑顔一転、呆れ顔を見せる。

「いつ帝のお渡りがあっても問題ない。万全の体制であるために……とお聞きしておりますが」

朝顔としては、弘徽殿への出仕が決まった際に受けた話に疑問を感じることはないだろう。だが、宮中事情を知る楓は苦笑いを浮かべる。

「それは悪手ですね。……主上は仰々しいことを厭われます。それで梅壺は女房の数を減らしたと伺っていますが？」

話を振られた梓子は、殿舎の事情を正直に話していいのか躊躇うも、否定はしないでおいた。

「私もそのような話を聞いた気が……」

殿舎の方針をとやかく言うのは反感を買うかと思えば、朝顔は深く頷いた。

「解かる気がします。新参者ゆえ、はっきりとはわかりませんが、女御様はあまり古参の女房たちを近くに置きたがらない御方です。そのほうが良いとお考えのご様子でした。主上の御心を思われていらっしゃるのでしょう」

楓が小さく『さすが右の女御様』と呟く。梓子も同意して頷いた。

右の女御は、いまの後宮では一番早く入内された方で、故中宮に寵愛が傾くまで、右の女御が帝の寵愛を独占していた時期もあった。かつて、右の女御が身ごもった、という話もあったらしいが、現状で御子はおられない。

現在の後宮で帝の寵愛を賜っているのは、左の女御だけである。だからと言って、帝が右の女御を疎かにしているということはない。いまも後宮での右の女御の存在感は大きく、行事や催し等で女御たちも出席する際は、右の女御が最上位となっている。

左の女御も右の女御には常に敬意を払っている。そのことを、記録係として日々の言動を間近にしている梓子は良く知っている。

楓の様子からいっても、王女御も同様なのだろう。殿舎の主が敬うのだから、殿舎に仕える女房たちも当然右の女御を敬っている。

右の女御本人は、誰からも一目置かれる素晴らしい方だ。それでも、右側をほかの殿舎の女房たちが敬遠するのは、右の女御の後ろ盾である右大臣の、後宮に対する過剰なまでの口出しと、それに追随する弘徽殿の女房たちのためである。

「それで、その弘徽殿で怪異が起きたの？」

楓は、ようやくそこに興味が出たようで、朝顔に話の続きを促した。

「いえ、弘徽殿では特に……。怪異に遭遇いたしましたのは、清涼殿から弘徽殿に戻る際に通りました南庭が見える渡殿にございます。その渡殿で突然、歌を詠みかけられたのです」

あのあたりに最近なにか怪異の噂は出ていただろうか、と柏が日々拾ってくる話を思い出す梓子の横で、楓がぷっと噴き出した。

「いや、それって、朝顔殿がどこぞの殿方に口説かれたって話じゃない？」

最初から怪異話のつもりで聞いていた梓子は、楓の指摘にハッとした。だが、朝顔本人は、笑って否定する。

「そんなことありませんよ。私に歌をくださる殿方なんて我が背の君ぐらいのものですから」

「いやいや。そこは讃岐介様が必死に虫除けをした結果だから。その讃岐介様が下向されたのを好機とみて、動き出した殿方が居てもおかしくないわ。朝顔殿の邸の守りは堅いから、宮中で見かけて、つい……なんて素敵な話だと思うわ」

さすが今のお隣さん。宮中での声掛けの理由まで示した。だが、朝顔は首を振る。

「でも、どこを見ても誰もいなかったし、とても力なくて苦しそうなお声だったわ」

梓子の元お隣さんの勘が働く。朝顔は怪異だと思う何かがあったはずだ。ただ、それを、ハッキリと怪異の証拠だとは思っていないのだろう。

「普通に朝顔殿を慕っている、とても内気な殿方が、物陰からお詠みになったということでは？　それとも怪異では……と思うに至る何かが、通常とは異なることがありましたか？」

梓子の問いに少し沈黙してから、朝顔が頷く。

「はい、おかしなことがございました。……あれはまともな歌の詠み掛けではなかったのです。すぐ耳元で聞こえたのに誰もいなくて、しかも歌の最初の五音だけを繰り返しておりました。やはり、どこぞの殿方ということはないと思います」

おかしかったことを思い出したらしい朝顔は、自身の頰を手で押さえ、震えていた。

「怖くて足早にその場を離れてしまったわ。……ねえ、藤袴殿。あれは、怪異よね？私、どうすればよかったのかしら？　返歌をすればよかったのかしら？」

梓子に問う朝顔の言葉には心苦しさがにじんでいた。

「大丈夫ですよ。返歌することであちらに取り込まれる場合もあります。声だけという点から言ってまだ『モノ』か『妖（あやかし）』の段階。追ってくることはないはずですから、急ぎその場を離れるという判断で問題ないでしょう。……あとは、わたしたちで対処いたします」

梓子は朝顔を安心させるべく渾身（こんしん）の笑みを向けた。

■　一　■

左の女御を主とする凝華舎。壺（中庭）に梅が植えられていることから梅壺の別名でも呼ばれる。

左の女御に仕える女房は十一名。女御という地位を考えると少ない。左の女御はこの少数精鋭の女房たちに同じ梅壺に局を与えて侍らせている。

その局のひとつにほぼ日参しているのが、当代一の色好みと噂される右近少将、源光影である。少将はいつものように局の御簾前に腰を下ろした。

「やあ、小侍従。二条邸は気に入ったかい？」

「あ、少将様。はい。ご用意いただいた調度品も大変気に入っております。お心遣いありがとうございます」

局で同僚女房と南庭の怪異の件で話していた梓子は、すぐに御簾のほうへ膝行した。

「おやおや。妙な会話でございますね。藤袴殿は、ようやく右近少将様の二条の邸宅にお入りになったのでしょう？　それをここでお尋ねになる？」

梓子の局に来ていたのは、梅壺で宮中の情報収集を担う女房の柏だった。南庭の怪異の噂が出ていないかを確認するために来てもらっていたのだ。

「ええ、まあ。……人目について騒がれるのを避けるために、短い時間で一気に物を運び入れましたので、とにかくバタバタして」

時は『あたらよ』の件が終わって、早々のこと。少将と改めて妹背の仲となることを誓った梓子は、いよいよ少将の二条の邸に迎えられることになった。その移動日について検討を重ねていたある日、行事のために大路も小路も牛車が行き交う京の様子を眺めていた少将が、目立たずに移動する好機と思い立った。すぐに陰陽師に日の吉凶を尋ね、『特別良い日ではないが、悪い日ではない』との回答を得て、怒濤の勢いで移動を開始し、その日のうちに終えたのである。そもそも、出仕前の梓子は多田邸に籠りきりで外に出ることがなかったので持ち物が多くない。さらによく使う私物は宮中の局に置いてある。梅壺勤めになってからは多田邸に帰ることが滅多になかったので、多田邸にあるのは、手元になくてもすぐには困らない物だけだったのだ。梓子が移動するだけなら、ほぼ牛車に乗せられて、二条邸に入るだけという状態だったのだ。だが、二条邸に入ったら、すべてが落ち着くという話にもならなかった。

「お迎えいただいた日すらお話しする余裕がないまま過ぎて、すぐ宮中へ戻ってきました。それからも、ほぼ梅壺に居りますので……」

結果、梓子は二条邸に迎えられたが、ほぼ少将と一緒に過ごしていない。

「あらあら。それは、おかしなお話ですね。お休みが合わないのですか？」

柏が少しばかり少将を責めるように言った。

「そうなんだ。小侍従が宮中から下がる日と、私が宿直でない日が合わなくてね。ここで会うほうがゆっくり話せるっておかしいよね、本当に」

少将が御簾の向こうでため息交じりに言った。

「それはまた、ご計画が甘かったようで。『当代一の色好み』と噂される御方とは思えぬ不手際ですね。……華やかなお噂の多いわりに、ずいぶんと不慣れでいらっしゃる」

柏が楽しそうに言う。宮中の噂を集めるのが仕事である柏からすれば、少将は手練れ(てだれ)の中の手練れということになっているのだ。

「昔から不手際だらけだよ。……若い頃には家同士の付き合いで文を交わした相手もいて、一応あちらの家の婿になるという話になっていたのだけど、彼女は気がついたら違う男を通わせていたよ」

少将が弱気を見せれば、柏が少し責めるように言う。

「鞍替え(くらが)される前後に兆しもなく？　文のやり取りはされていたのでしょう？」

「その頃には、送らなかったし、送られてこなくなっていたね。……出家しようとした先の寺から京に連れ戻されて、ひたすら帝(みかど)を宥(なだ)める日々を送っていた頃の話だといえば、文を交わす状況ではなかったことが伝わるかな。まあ、でも、彼女の判断は正解だったと思うよ」

例の出家騒ぎの時の話らしい。それは、女性側もただ待っているわけにはいかなかっただろう。寺に入ったという話だけでも、残された側は、この先どう生きればいいのか悩むはずだ。さらに、俗世に留(とど)まり京に戻ったらしいが、帝につきっきりで自分には文のひとつもよこさない、ともなれば、次を考えるのもやむなしというものだ。

京の貴族男性の婚姻は大きく分けて二つある。一つには、高位の家に婿入りすること。貴族男性は基本的にこの婿入りした先を居所とする。二つには、妾(めかけ)を持ち、その女性の所に通うこと。この場合、女性側の家格のほうが低いことが多い。

前者の目的のひとつが政の上位に昇ることである。同じ藤氏でも家格に差があるこのご時世、家の繁栄に最も影響するのは娘を入内させ、御子を得ることだが、娘を入内させることができる権門勢家はすでに決まっている。多くの貴族男性は、その権門勢家に婿入りすることで位を上げることを狙っている。もちろん、婿を迎える権門勢家の側も、出世の見込みのある青年を吟味している。良い婿を迎えたかは、宮中での自身の評判に影響するからだ。

「私は、父もすでに出家して親王ではなかった。婿にするにしてもあまりうま味のない男だ。だから、出家騒ぎで婿として完全に見限られたというのが正しいかもしれない」

「それでいくと、わたしも妻にするにはうま味がない者ですよ。婚家がないですし」

梓子が小さな声で抗議すると、少将が御簾の向こうで小さく笑う。

「君を二条邸に迎えるのにうま味なんて考えたこともないね。私たちは文や歌のやり取りより、こうして局で御簾越しに会うことのほうが多いけれど、それでお互いにほかの誰かとも文を交わしているという話にはならないでしょう？　結局は気持ちの問題だ。彼女とは、お互いに何があっても離れないという意志が欠けていたということだよ」

梓子と少将は、文を交わす前に直接言葉を交わした。宮中において顔を晒す女房職に従事する梓子は、お互いの顔を見たのも出会って間もない頃だ。一般的な婚姻手順を踏んでいない。それでも、少将は梓子を妾でなく、妻にしたいと言ってくれた。

「それに私たちの場合、順序が違っただけだ。これからいくらでも文を交わせばいい。同じ邸に暮らしていても、邸ではなかなか顔を合わせられないのだから、ちょうどいいんじゃないかな」

やわらかな少将の声音が、いつも以上に甘く響く。梓子は御簾の内側なのに蝙蝠を広げて、熱くなった顔を隠した。

「おやおや、初々しいことです。……ですが、宮中には文を寄越すでもなしに、歌を初句だけ詠みかけるなんて失礼な者が出没しているらしいですよ」

柏がくすくす笑い、甘い沈黙から話を本題に切り替える。

「それは怪異の話？」

少将が御簾の近くまで身を寄せて問う。

「はい。弘徽殿の女房で朝顔殿と呼ばれる方が、南庭でそうした事象に遭遇したそうなんです」

蝙蝠を下げて姿勢を正すと、梓子も頭を切り替えた。ここからは、仕事の話である。梓子は、受けた仕事は完遂することを信条としている。帝の勅でなく朝顔からの依頼であっても、『わたしたちで対処する』と言ったのだ、いいかげんに扱う気はない。

返事をした時点で少将のことも『わたしたちで』と巻き込んでいる。共に対処にあたるために朝顔について話そうとしたが、少将が先に思い当たる。

「弘徽殿の……右の女御様にお仕えしている女房で朝顔殿か。……ああ、右の女御様に仕える女房には珍しく明るい声で話すし、言葉もハキハキしている彼女だね」

さすが宮中の誰の声も聞き分けると言われる特別な耳の持ち主だ。

「南庭のほうから歌を詠みかけられた……と？　それは、また怪しいね」

少将がいつもの位置に戻り、柱にもたれる。

「怪異だと思われますか？　人がやったこと、という見方もあるかもしれませんが」

梓子が問うと、少将が思案に首を傾けながら応じる。

「南庭は公事儀式を行なう場所だ。なにもない日は、誰もいないだろう。相手を待ち伏せしていたというならもう少し場所を選ぶんじゃないかな。だいたい、口説く端緒に歌を詠みかけるにしても、廊下なんてありえないよ。誰に聞かれるかわからないからね。……あっても、すれ違いざまに文を渡すくらいかな」

そういうものなのか、と感心している傍らで、柏が蝙蝠を広げて笑い出すのを抑えていた。

「さ……さすが、当代一の色好みでございますね。そこは手慣れていらっしゃるようで説得力あるお言葉です」

少将も蝙蝠を広げると、ため息をついた。

「笑いながら言うとか、柏殿は説得力がないね」

これには梓子のほうが笑いそうになって、蝙蝠を広げた。逆に少将は蝙蝠を閉じた。

「それにしても、朝顔殿から小侍従に直接の依頼か。『怪異対応は藤袴小侍従まで』が浸透してきたということかな。……でも、弘徽殿の女房殿からの声掛けというのは、少し考えてしまうところではあるね」

梓子はかつてのお隣さんをすぐに擁護した。

「大丈夫です。朝顔殿からのお話ですから、ほかの弘徽殿の女房方とは異なります」

梓子は御簾の端近のさらに際まで寄って、自身と朝顔の関係を口にした。

「朝顔殿は、かつてお隣さんだったんです。ですが御父上の国守赴任でご一緒に下向されて、京を離れました。京にお戻りの頃には、多田の邸が今の場所に移っていたので、お隣さんではなくなりましたが。その後、朝顔殿は今の讃岐介様を婿に迎えられたのですが、少し前から右の女御様にお仕えすることになったそうです。弘徽殿に欠員が出たらしくて、親戚筋からお声が掛かったとかで」

梓子の勢いに、少将が柱を背にしているのにさらに下がろうとした。

「な、なるほど。朝顔殿は、あの讃岐介殿の北の方だったのか。彼のことなら知っているよ。位こそ高くないが、面白い歌を詠む者だからね」

良い歌を詠むことで知られている者は、位階が低くても宮中や公卿の邸で歌会が行なわれるときに声を掛けられることが多い。少将も歌詠みとして呼ばれることが多いから、どこかの歌会で同席したことがあるのかもしれない。

本人を知っているならば、おそらく讃岐介本人から北の方の話を聞いているはずだ。

「はい。その讃岐介殿の北の方です。朝顔殿の今のお隣さんである承香殿の楓殿から朝顔殿と讃岐介殿のお話を色々お聞きしました。讃岐介殿は歌を詠まぬ時は、ほぼ北の方の話をしていると言われる方だそうで。ですから、少将様も朝顔殿の人となりをすでにご存じのはず。いかがでしょうか、企てを持って、近づきそうな方でしょうか？」

少将がどこか疲れたような声で返す。

「ないね。わかったよ、小侍従。朝顔殿を疑ってみることはやめるよ。……しかし、讃岐介殿の愛妻ぶりは、君の耳にも届くほどか。あれは本当に、すごいよね……」

「そ、そうですね。朝顔の話を聞かされてきたようだ。思い出して疲弊するほどに。思っていた以上に、朝顔殿は下向に同行はしておりませんが、日々歌が贈られてくるとおっしゃっていましたよ。本当にお二人はとても仲睦まじく……」

「それはまめまめしいことだ。……歌といえば、私の文は君の手元に届いていない？」

御簾の向こうで呆れていた少将が思い出したようにそう尋ねてきた。

「いえ、今日はいただいておりません」

梓子が首を傾ければ、少将が御簾の向こうで小さく唸った。

「散ったか……。なくはないが、このところ続いているなぁ」

文がどこかにいってしまったようだ。

「あらあら、そんなに頻繁に？」

梓子に続き、柏も首を傾げた。

「まあ、もとより文使いに持たせた文が散ることとは、なくはないことだよ。ただ、このところ少しばかり多いな……って。これが毎回だと、すわ妖か……とも思うかもしれないけど、特にこの時と言えなくてね」

少将が御簾の向こうで苦笑する。梓子は、少し考えてから少将に返した。

「少将様もモノ慣れされたことで、これはモノの仕業ではないなという感覚も養われたのでしょう。……ですが、こういう時は、モノではない……人為的であることのほうが嫌ですね」

「そう思うよ。……月でも一緒に眺めたいなという歌だったから、こうして君に会えることで歌に込めた想いは満たされるけれど、あの歌を詠んだ瞬間の強い想いは、どこへ行ってしまったのだろうと思うと切ないね」

倭歌は、力のある言葉の塊だ。歌によっては神をも動かす。その力を梓子は縛りの際にお借りしている。たしかに、すべての歌が威徳を得る歌となるわけではない。だが、少将は宮中でも歌詠みとして高い評価を受けている。十分に力を持った歌だったはずだ。なんとももやもやしてくる話ではないか。

「もったいないです……」

そう呟いてから、梓子は気づく。少将からの文が散ったことに、自身が少しばかり憤りを感じているということに。

すぐ傍らで柏が、御簾の外からは少将が、梓子の続く言葉を視線で促していた。

「せ、せっかく、少将様が文をくださったのに……」

ようやく紡いだその言葉に、御簾越しに少将が微笑んだ。

「きっと今の一言で、私の歌も行き場を得たことだろう。ありがとう」

そう言われた梓子のほうこそ、自分宛ての文が散ってしまったことへのもやもやが、行き場を得たようにスーッと消えていくのを感じた。

■ 二 ■

宮中の夜であれば、一緒に行動することができる梓子と少将は、夜回り武官の詰め所に、兼明を訪ねた。

「南庭で怪異？」

兼明が『またそういうことに関わって……』と、梓子に呆れ交じりに咎める視線を向ける。

「すまないね。南庭で歌を詠みかけられるも、誰もいない……という話なのだが。兼明殿ご自身、あるいは周囲の者で、同じことが起きていないか確認したくて訪ねたんだ」

少将が梓子を庇うように立って、改めて訪問の理由を説明してくれた。

さすがにほかの目もある詰め所では、兼明が少将を睨むということもなく、問われたことに応えてくれた。

「噂は知っています。ただ、俺はその声を聞いたことがないですし、巡回で南庭のあたりを歩いても倒れてもおりません。ですから、噂が言うような怪異の類ではないと考えています」

　なんでもかんでも怪異のせいにするな、というところか。怪異に触れると倒れてしまう兼明だからこその意見ではある。梓子は半歩前に出て、兼明に怪異の噂に新たな要素を加えた。

「かつてお隣さんだった頼姫が朝顔の女房名で後宮のとある殿舎に出仕されておられるのですが、南庭でこの怪異に遭遇したそうなのです」

　兼明の表情が変わる。どうやら彼もかつてのお隣さんのことを憶えているようだ。

「頼姫って、あの『モノ招き』の姫様か？　……それじゃあ、たんなる噂が本物の怪異になることもあるかもしれないよな」

　梓子は兼明の言葉にため息をついた。

「また懐かしい呼び名を。……いいですか、兼明殿。朝顔殿は、女房として弘徽殿に仕えておられるのです。それは今後、絶対に口にしてはいけません」

　兼明は多田の統領家の三男であり、多田は政治的には左側に属している。兼明の発言が、どこからか右側の者の耳に入れば、左側による右側への批判ととられかねない。

　内裏では、どこにどちら側の耳目があるかわからないのだ。

「よりによって弘徽殿……。いやいや、でも、重要だろ。下向に妻子を連れていかないこともあるのに頼姫の父君が連れていったのは、頼姫と俺たちとの相性が悪いからだって話も裏ではあったんだから」

少将の半歩前からさらに半歩前に出て、梓子は兼明に問い質した。

「なんです、その話？　わたしは知らないです」

口調がやや多田の邸の奥に守られていた頃のそれに近くなる。だからだろうか、兼明も口調が、乳母子の、仕える側のそれに戻る。

「自分も元服後になってから聞いた話なので、梓姫様が御存じないのも無理はありません。とにかく、自分たち三人が三人とも内裏に居るっていうのは……」

お互いに顔を突き合わせるように話していた梓子と兼明の間に、少将が割って入った。

「……待って。ちょっと待って、小侍従。朝顔殿の話の信頼性って、かつてお隣さんだったから、人となりを知っていて信頼できるという話ではないの？」

局での話では、たしかにお隣さんであることに信頼の理由が傾いていた。梓子は反省とともに少将に説明した。

「それもあるんですが、どちらかというと兼明殿が言った理由のほうが大きいです。朝顔殿の場合、少将様と違って『憑かれやすい』わけでもないから話がややこしいのですが……。簡単に言うと『場に怪異を引き寄せやすい』というものなのです」

彼女の体質の怖さは、それと意識していない状態であっても、場に怪異を呼び込んでしまうところにある。朝顔本人は、怪異話がある場に踏み入っただけ。でも、それだけで場に本当にモノを引き寄せてしまうのだ。

彼女は引き寄せてしまったことを、彼女本人が怪異に遭遇することで気づく。

ただし、引き寄せてしまう頻度はそこまで高くない。彼女は鋭い直感を併せ持っていて、怪異話が発生しそうな場をなんとなく避けて通ることができるからだ。

彼女のその直感を、母は高く評していたような記憶がある。『頼姫は、とてもさとい子ね。私には近づきたがらないもの』とかなんとか。ん？　それはよく考えると、母が避けるべき場だったという話になるような気が……。

考え込む梓子に、少将が場を軽くするように呆れてみせる。

「よくまあ、集まったものだね。君らの邸の周辺には住みたくないな」

これに乗って、兼明が首を捻る。

「いやー、いまの邸の近所もおすすめできないですね。うちは物の怪を切り伏せる家だし、道を挟んだ反対側は陰陽道の家ですから」

兼明の言うことに、少将が首を横に振る。

「待って。その多田の邸って、左京の二条の北側だよね？　道一本挟んだ向こう側は、一条になる。私の邸の近くだよ。道理で小侍従の荷物の移動にも、さして時間はかからなかったわけだ。すでにご近所さんか。ふむ。……よくもまあ、集まったものだね」

三人で顔を見合わせて、笑いをこらえる。

「……この話はこの辺にしておこう。とにかく、朝顔殿が遭遇した以上、南庭で歌を詠みかけられる件は怪異で間違いない、というのが二人の見解なんだね？」

「はい」

　梓子に続いて首肯した兼明が表情を厳しくする。

「南庭の件が怪異で確定なら、対処を急いだほうがいいかもしれません。……俺がついさっき聞いた話では、南庭で詠みかけられた歌に返歌をしないと死ぬってことになっています」

　新たな話に少将が確認する。

「それは、詠みかけた相手を殺すことが怪異の目的ということなのかな？」

「いいえ、急に出てきた話なので、おそらくは誰かが付け足した怪異話の冷やかしです。ただ、この噂が広まると、怪異のほうが噂に寄せられて変質する可能性があります」

　兼明は先ほどまで怪異ではないと考えていたので、南庭の怪異話に尾ひれがつこうがつくまいが気にしていなかったから、聞き流していたらしい。だが、怪異であるとなれば、この話の尾ひれが怪異話の一部として定着するかどうかが重要になってくる。

「人々の語る怪異話は、どうも過激な内容に変質していく傾向にある。そのほうが、語り合う場は盛り上がるからね。……わかったよ、兼明殿。怪異話が尾ひれを含んだ一つの形として成立してしまう前に、対処しよう」

　少将が梓子のほうを見た。急ぎ対応することに同意して頷く梓子に、少将がやわらかな笑みを浮かべる。

「では、縛るための準備は小侍従に任せて、私は縛るための場を整えるほうに専念するとしよう」

少将はそれだけ言うと、一人その場を離れた。

一刻（二時間）後、場を整えたと声が掛かり、梓子は急ぎ携行用の硯箱に母の形見の筆を入れ、草紙を手に紫宸殿手前の渡殿に向かった。

「……朝顔殿」

そこには、少将と一緒に朝顔がいた。

少将の言う場を整えるとは、怪異の遭遇条件を整えることであり、右側の女房を借りる交渉をしてくることだったのだ。左の女御に仕える梓子では、右の女御に仕える朝顔を連れ出すのはかなり難しいことだ。少将は、左大臣の猶子ではあるが、帝からの書状を携えて弘徽殿に向かったために、そこまで難しい話にならずに済んだそうだ。

「呼ばれてきたのはいいけれど、私がいて本当に大丈夫なの？」

朝顔は不安そうに言った。彼女の直感が、南庭に向かうことを拒否しているのかもしれない。梓子はその彼女が少しでも安心できるように、一緒に来てもらう理由を説明した。

「大丈夫です。歌はほとんどの場合、個人宛てに贈られるものなので、わたしたちでは遭遇条件に合わない場合があります。遭遇しないことには縛りようがないので、朝顔殿に来ていただいたんです。でも、怪異が出てくれれば、そこからはこちらで対処します。朝顔殿は、この場から離れていただいても問題ありません」

朝顔が強張らせていた表情を緩める。

「本当にあなたが噂の『怪異より強い藤袴小侍従』なのね。安心してお願いできるわ」

また新たな呼び名が出てきているようだが、これまでのものとは異なり、少々肯定的で、照れてしまう。

「どうでしょう。別の噂ではわたし自身が怪異そのもののように言われていますけど」

照れ隠しに、山ほどある否定的な噂を集約して口にしてみたが、朝顔はより笑みを深めた。

「そうね。では、言い方を変えましょう。藤袴……いえ、梓子は梓子ですもの。だから、私は信じているわ」

懐かしい笑みだ。まだ物を縛る真似事しかできなかった幼い梓子の、モノが視えてしまう目を、怖がらずに笑顔で真っすぐに見てくれたのは、乳母の大江や乳母子の兼明という一種の身内である多田の人々を除けば彼女だけだった。

「いい友人だね」

少将が梓子の心の中を読んだように言う。

「ちょっと途切れていましたが、これを機に昔のように文を交わす仲に戻りたいですね」

梓子がしみじみとそう口にすると、

「途切れても、元のように……か」

例の途切れた仲の話を思い出したのかもしれない。梓子は少将の衣の袖を引いて、彼の意識を過去から今に戻した。

「たとえ途切れることがあっても、わたしはちゃんと復活させますよ」

「それはありがたい」

微笑む少将に、ちゃんと通じていると嬉しさがこみあげてきたところで、朝顔の視線に気づく。

「お二人の仲もよろしいようですね」

からかいでなく、優しく見守る笑みで朝顔が続ける。

「嬉しいかぎりです。藤袴殿は婿を迎えるのが難しい身ですから。右近少将様と藤袴小侍従の噂は聞いておりましたが、梓子がその藤袴小侍従と知って、ちょっと不安でした。なにせ、右近少将様は当代一の色好み。同じ殿舎の女房たちは、誰もが噂を否定、あるいは右近少将様の気の迷いだと申しておりましたので。ですが、百聞は一見に如かずですね。お二人がご一緒の姿を見て、いまは安心しております」

朝顔は右の女御に仕える女房だ。少将と梓子の話も、実情とはかなり異なった形で伝わっていたのではないだろうか。

「さあ、お二人の仲の邪魔にならないように、さっさと解決してしまいましょう」

朝顔からは先ほどまでの不安そうな表情が完全に消え去り、笑顔で渡殿を進み始める。

まるで宴にでも向かうような和やかさで進んだ先、南庭の前に建つ紫宸殿に近づいたところで、それは聞こえてきた。

「……いまのは、声……？」

誰かの声が、短く何かを言っていた。ごく近くから投げかけられたはずの言葉を、なぜか梓子はうまく聞き取ることができなかった。

■ 三 ■

早速の怪異遭遇。さすがは『モノ招きの頼姫』だった。

「……なにを言っているかは聞き取れませんが、五音ですね。朝顔殿が聞いたのと同じでしょう」

梓子が携行用の硯箱を出そうとすると、朝顔が止めた。

「いえ、違います。この五音は、私が聞いたものとは異なります」

これに少将も同意する。

「そうかもしれないね」

二人には、この音とも声ともいえないものが聞き取れているのだろうか。そこからして疑問だった梓子に、少将が周囲の音を聞くように促す。

「小侍従。よく耳を澄まして。……複数の初句五音が聞こえる」

言われて周囲の音によくよく耳を澄ますと、言葉として聞き取れないにしても、音の高さの違う複数の五音があることが梓子にもわかった。

「私の耳で聞き分けられる限りで七首かな。声も複数あるが、同じ声で違う五音を発しているモノもいる」

さすがは、後宮女房の声を聞き分けられるという特別な耳を持つ少将。モノの声まで聞き分けるとは。梓子が感心していると、少将が雷のような一言を投げかけてきた。

「ねえ、小侍従。これって怪異は複数扱い？　それともまとめて一つの怪異として扱えるものなの？」

言われてすぐに思い出したのは『すずなり』だった。あの時のように、その場のすべてをひと塊に縛れば……。そう思って、事がそれほど簡単なことではないと気づく。

「朝顔殿が遭遇した時は一声一首、いまが七首として……本当にこれが全部でしょうか？　まとめて縛るには、まとまって出現していることが条件です。それも言の葉の鎖で縛れる範囲に出てきていただいていないと」

梓子の縛りは、名もなく不安定な存在であるモノや妖(あやかし)に、名と姿形を与えることで、草紙に縛るという荒業であるが、すでに名と姿形を持つ物の怪(もののけ)を縛ることはできない。陰陽師(おんみょうじ)や僧侶(そうりょ)の使う祓(はら)いや浄(きよ)め程の強い力はない。

「あと……これほどたくさんの歌の怪異を一つの歌で縛れるのかも不安です」

気のせいだろうか、聞こえてくる歌の数が、また一首、二首と増えている気がする。

「これは……。やはり、すべての歌が出てきているとは思えません。これではまとめて縛ることができません。なんとか遭遇条件を見極めねばならないですね」

梓子は話しながら、手で二人に下がるように促した。どこまで南庭に近づくと歌詠みの怪異が発動するかもわからない現状では、一旦歌が聞こえない場所まで下がるよりない。

「遭遇条件は簡単じゃないのかい？　行けば出るようだけど」

少将は雑な遭遇条件を口にするも、渡殿を下がりながら歌が聞こえなくなる場所を確定しようと耳を澄ましていた。それを邪魔しないように、梓子は遠慮がちに遭遇条件の修正を試みる。

「ですが、兼明殿は南庭の怪異に遭遇しておりません。……それに、朝顔殿が聞いたのは一声一首。比べて今回は、かなりの数……七首ですか？　それだけ出た、その差がわからないです」

これに朝顔が首を傾げる。

「来た人数でしょうか？」

見た目にはわかりやすい違いではあるが、それではまだ足りない部分がある。

「大勢で来れば、たくさん聞こえるということでしょうか？　それだと兼明殿が遭遇していない意味がやはりわかりません。この怪異の遭遇条件にはもっと細かい何かがあるはずです」

梓子たちが南庭を離れて清涼殿へ向かう渡殿と後宮側に向かう渡殿に分岐するあたり

まで戻ってきたところで、別方向から来た一群と遭遇した。

「こんなところでなにをしているのかしら、朝顔殿？」

右の女御に仕える弘徽殿の女房たちだった。これはこれで怪異遭遇に等しい状況だ。

「まあ、右近少将様！」

一人が少将に気づき声を上げた。少将に視線が集まったことで、その傍らにいる梓子にも女房たちが気づく。慌てて少将の陰に隠れようとするも一歩遅く、誰かが梓子を睨みつける。

「その者……もしや、藤袴では？　左の女御様に仕えているという例の……」

「え？　内侍所から追い出されて梅壺で拾われた小侍従じゃないの？」

女房たちがざわついた。梓子について色々言われているようだが、いずれにせよ、悪く言われていることには変わらない。さらにそれは朝顔にも飛び火した。

「右の女御様のご寵愛を受けている身で、たいそうな裏切りをなさるのね。左側の女房と密会だなんて」

楓の局を借りた時に懸念していたように、左右の女房が一緒にいることを叩かれる。

梓子は朝顔を庇うように立つと、すぐさま反論した。

「密会ではありません。朝顔殿には主上の命によりご一緒いただいておりますので、とてつもなく公の事です！」

弘徽殿の女房たち全員に聞こえるように意識して大きな声で言ったことが功を奏した

ようだ。女房の中から、涼やかな声が聞こえた。

「……ええ。わたくしのほうにも主上よりお話をいただいております。問題ないですよ、朝顔。それに、藤袴も」

誰と言われなくてもわかる。右の女御の声だった。女房たちだけで移動しているわけではなく、女御の移動に女房たちが付き添っているところだったようだ。少将がすぐにその場に膝をつき、首を垂れる。梓子も少将に従った。

「ですが、女御様。左側の女房ですよ。こちら側で起きたことで共に動くなど、どんな裏があるやらわかったものではございませんわ……」

なおも、朝顔と梓子を咎める声に、梓子は顔を上げた。

「怪異の解決に、左も右も関係ありません」

言い切った梓子に、一群の前のほうに居た女房が詰め寄ろうとする。なにをされるか、武家育ちの梓子が身構えたところで、再び涼やかな声が制止する。

「およしなさい。……藤袴の言葉に嘘はないわ」

見れば、詰め寄った女房の手には閉じた蝙蝠が握られていた。

「ですが……」

その女房の手は、まだ強く蝙蝠を握っている。梓子は構えを解かずに、女房の動きに注視していた。

「おまえは、わたくしが宮中に仕えてたいして時を経ていない女房の本心も見破れぬ者だと言いたいの？」

「いえ、けっして……そのようなことは……」

女房が蝙蝠を握る手から力が抜ける。それを確認して、梓子は再び右の女御に対して礼を取った。

「もういいわね。わたくしたちは行きましょう」

場は収まったということだろう。弘徽殿の女房たちとその中にいるだろう右の女御が静々と移動を開始する。梓子たちの前を通り過ぎる時、女房たちに囲まれた中から、声が掛かる。

「朝顔。……おまえは、主上より与えられた任を果たしなさい」

先ほどより近いその声は、突き放した言い方をしているわけではないのに、強く重みを感じた。

「畏まりました、女御様」

返す朝顔の声にも緊張が感じられる。いつだったか、王女御と左の女御の印象の違いを和歌と漢詩のようだと考えたことがある。右の女御はまた二人とは違っていた。詩歌の持つしなやかさのようなものがない。史書を綴る文字のような硬質さを感じた。

「怪異に遭遇するより怖かったんですけど」

一群が場を離れてからも少し待ったあと、梓子はそう口にして安堵の息を吐いた。

「いや、身構えた小侍従のほうが怖かったからね。あの場面でまともに受け返したら、もう大乱闘必須だから。……それも含めて、右の女御様に感謝だよ」

少将は、梓子とは違う意味で怖さを感じ、その緊張からの解放に安堵の息を吐いていた。

■四■

梓子と少将が、それぞれに怪異より怖いものに遭遇した日の夜。少将は珍しく梓子の局の前でなく、梅壺の母屋に来ていた。

「……朝顔殿を宮中から下がらせる？」

御前ではあったが、梓子は少将の話に、すぐ確認を返した。

「左側と近づきすぎで、弘徽殿には置いておけないから……という理由だそうだ」

少将も納得していないのだろう、蝙蝠を広げるとその裏でため息をついた。

「ですが、右の女御様は納得されているようにお見受けいたしました」

梓子としても納得がいかない。朝顔の主人は右の女御だ。その右の女御が朝顔に役目を果たすように言ったというのに、なぜ宮中を下がるようなことになってしまったのだろうか。

「おまけに、梅壺の者が弘徽殿のことに首を突っ込むなって、どういうことですか？」

「弘徽殿だけでどうこうできるはずもないのに、こちらに苦情を申し立てるなど」

梓子は少将と二人で、苛立ちを口にした。

そんな二人の不満を受け止めたのは、恐れ多くも左の女御だった。

「あの方は、わりと柔軟な考えをお持ちなの。ただ、周囲と後ろ盾が……」

左の女御が言葉を濁しても、続きは容易に想像できた。

「つまり、苦情の出所は『弘徽殿』であって『弘徽殿の女御様』ではない、ということですか」

梓子が呟けば、少将が小さく唸る。

「そうなるね。これは早急に解決しないと、面倒なことになりそうだ」

すでに面倒なことになりつつある。朝顔が最初の遭遇者だったかもしれない南庭の怪異の話は、宮中に急速に広まっている。話に尾ひれがついたほうも、柏によれば複数個所で語られるようになってきている。

「柏殿によれば、噂は後宮でも広まり、遭遇者もそれなりに出ているという話でした。モノから妖の段階に移っているかもしれません。物の怪になる前に急ぎ縛らねば、本当に死者が出てしまいます」

梓子は、急ぐべきであることを説いた。

「今回の怪異の目的は、歌詠みという性質上、歌を相手に届けることだと思われます。なので、重要なのは、やはり遭遇条件のほうです。歌詠みの怪異を残らず発動させて、ひとまとめにして縛らねばなりません」

これまでであれば、怪異の目的を探ることに時間がかかっていたが、今回はすでに目的が明らかだと思って言った梓子に、少将が首を傾げる。

「落ち着きなよ、小侍従。目的に関してはまだ見極めが必要だ。……良く考えると、そもそも、あれらの歌は、なんだろうね。私たちが聞いたのは七首。ただ、もっとあるという予感はする。たくさんの歌があったとして、声の違いからいくと、詠み手も異なる。そんな歌が、なぜ南庭に集まって、初句を詠みかけてくるんだろう？」

和歌は、基本的に誰かに贈るために詠まれる。だから、梓子としては歌の目的は相手に届くことだと思っていたのだが、少将は歌のほうが気になるようだ。

「たしかに、おっしゃるとおりです。どうして、南庭にあれ程たくさんの歌が集まっているのでしょうか。集まったその先に怪異の目的がある可能性もありますね。あれでは怪異和歌集編纂中状態ですよね」

少将が無言で蝙蝠を広げてから、顔を隠して肩を震わせる。

「ご、御前で……笑わせないで……」

梓子としてはいたって真面目に怪異の真の目的を考えていたのだが。

少将が笑い納めるのを待っているところに、同じ梅壺の女房である紫苑が声を掛けてきた。

「藤袴殿。朝顔殿がお見えです」

「朝顔殿が？」

梓子も驚いたが、母屋にいたほかの女房たちも驚いた。右の女御に仕える女房が、直接梅壺を訪ねてくることは異例だ。殿舎の外で一緒に居ただけでも、宮中を下がらせるなんて話が出たというのに。それでも訪ねてくるようなことが起きたのだろうか。

「どうなさったんですか？」

急ぎ、自身の局に朝顔を迎えた梓子だったが、朝顔はいきなり梓子の唐衣の肩に手を置いて叫ぶように言った。

「五音の続きがわかりました！　あれは我が殿、讃岐介様が私に送ったはずの文に書いた歌の初句にございました」

歌の出所がわかったという話だ。だが、理解が追い付かない。讃岐介が朝顔に怪異化するような歌を贈ったということなのだろうか。

「……そ、それはどういうことでしょうか？」

「文の返信がないから何かあったのではと、讃岐介様が急遽京に戻ってきたのです。ですが、そもそも私は文をいただいておりません」

文の返信が来ないからといって任地を放置して京に帰ってくるというのは、どうなんだろう……というのは呑み込んで、梓子は怪異の件に関わる部分だけ尋ねた。

「散った文に書かれた歌が、南庭で聞こえた……ということですね？」

朝顔がコクコク頷く。これはとても重要な情報だ。朝顔が梅壺に駆け込んできたのも理解できる。梓子は朝顔には局に待機してもらい、母屋に戻って説明した。

「……少将様、どう思われます？」

梓子の話を聞いた少将は、御前を下がる挨拶をしてから立ち上がった。

「……少将様？」

「ありえないことだが、聞いた話をつなぐと『南庭に消えた文がある』ということになるのかもしれないね。ありえないけど……そう考えるよりないなら、試してみる価値はある」

立ち上がった少将は、梓子の局へと向かう。

「なにをお試しに？」

御簾を上げた少将が振り向いた。

「南庭で文を探すんだよ」

『輝く少将』の呼び名に相応しい笑みで、とんでもないことを言い出した。

紫宸殿から南庭に降りた讃岐介は、怪異にではなく、この場に集まった面々に震えていた。少将が声を掛けて集まったのは、少将の親友であり帝の信頼も篤い頭弁、少将の義弟で左大臣家の次男である左中将をはじめとする高位の人々だったからだ。歌会に呼ばれて慣れているかと思えば、歌なしで何を話せばいいと言うんですか、と歌人らしい嘆きの声を上げていた。なんだか気の毒になってくる。

「文の確認のためにお召しということですが……」

讃岐介が囚われの罪人のように震えながら、少将を見上げている。

「殿、落ち着いて。どなたも取って食いやしないし、そういう類の怪異ではないそうだから」

朝顔が讃岐介の衣の背を軽く叩いて言った。

「……うっ、はい」

愛妻の言葉に支えられて、改めて讃岐介が少将を見上げる。

「では、文について、少し詳細をお聞かせいただけるだろうか」

少将がやわらかな笑みを浮かべて讃岐介に問いかける。

「は、はい……！」

震えは止まったようだが、少将の輝く笑みに別種の緊張で顔が固まっていた。

「文は春の終わりごろに送りました。妻は宮中に居ると思ったので、家でなくこちらに届けるように言いつけました。……とはいえ、頼んだ者が直接妻に渡せるわけではないので、人手を介して届いたはずなのですが」

讃岐介は、そこまで言うと視線を朝顔に向けた。

「私は受け取っておりませんでした。讃岐でのお仕事に慣れるまではお忙しいと思いましたし、私もまだ慣れぬ仕事に夢中でしたから、あまり気にしておりませんでした」

「そこは気にしてよ〜！」

その温度差に、讃岐介の気の毒さが増す。だが、朝顔は讃岐介に微笑みかける。

「殿は少し離れたくらいで心変わりされる方ではないと、そう信じておりますから」

温度差は二人と、その場に集められた人々との間のものになった。

見つめ合う夫妻を横に、少将が梓子に話し掛ける。

「えっと、とりあえず確定しているのは、讃岐介殿が内裏の朝顔殿に送ったはずの文は、本人には届いていないということだね。内裏に届けたところまでは確実だから、そこから朝顔殿の手元に届くまで至っていない」

少将は南庭に視線を向けると、眉を寄せた。

「宮中で文が散ったのは、私も同じだ。よくよく思い出せば、南庭で聞こえた歌に私の歌かもしれないものが交じっていたよ。初句が同じ五音になることはなくはないから、気に留めていなかったが……。讃岐介殿の話を伺うに、私の文もあるのではないかな」

そう言って南庭を見渡す少将に、左中将が歩み寄る。

「では、義兄上。どのあたりから始めましょうか？」

事情を聴くために呼ばれた讃岐介も文の探索に駆り出されることになっている。

「清涼殿に近いほうからにしよう。兼明殿が倒れなかったのだから、巡回が近づかないところが怪しいからね」

「わかりました。では」

少将の指示で集められた人々が動きだす。彼らは南庭の白い玉砂利を退かしてその下の地面の様子を確認しながら進んでいく。

「少将様、皆様は、いったい何を？」

「消えた文は南庭にある可能性が高い。でも、誰の目にも見えない。ならば、埋められているると考えるのが筋でしょう？　だから、何かを埋めた痕跡を見つけて、そこを掘り返すんだ」

梓子も文探しに加わった。ただし、ほかの者たちとは異なり、紫宸殿の階から南庭の玉砂利を見渡し、モノが漂わせる黒い靄が出ていないかを確認するという方法だった。

視線を紫宸殿の清涼殿側に植えられた橘のあたりまで移動させたところで止める。

「少将様！」

梓子はすぐに少将を呼んだ。植えられた橘の根本後方、モノ特有の黒い靄が地を這うように低い場所に広がっていた。

■　五　■

掘り出し作業は、左中将が連れてきた下の者たちがやった。

「左中将様、右近少将様。いくつか見つかりました」

掘り出されたのは、予想通り文だった。土に汚れ、部分的に破けてもいるが、広げてみると文字は読める。ただ、この文は黒い靄を漂わせていない。ただの、文だった。

「……読める程度には残っていたようだね。その点は良かったよ。夏で雨も少ない時期だから、雨に濡れることなく朽ちずにすんだようだ」

少将が声を掛けたのは、少将と『最近文が散ることが増えた』という話をしていた相手なので、掘り出された文の中に自分のものがないか探し始めている。

「小侍従、私たちも行こう。掘り出した文のどれが怪異の出所になっているか見ないと」

掘り出された文は、それなりの数がある。全体として黒い靄を漂わせているが、ひとつひとつが必ずしも黒い靄を出しているわけでもないようだ。

「あった。私が君に送って届かなかった文だ」

手渡されたそれは、黒い靄を漂わせることなく、上品な香をかすかに漂わせていた。

「文だけですね。折枝は捨てられてしまったのでしょうか」

開くと紙の折り目のあたりが土に擦れたのか破けていて、綴られた歌の字は途切れ途切れになっている。それでも、たしかに少将の筆跡で書かれている。

「……ちゃんと届かなかったことが残念です」

そう呟き、掠れた文字をたどる梓子の指先に少将が触れる。

「小侍従……。君への歌なら今からだって」

右耳に注がれるその甘い声を、左耳から入る声がかき消した。

「藤袴殿！」

声のほうを見れば、柏が勾欄の上から手招いている。

「柏さん！　お待ちしていました。さすがです、お早いですね」

　梓子は、手にしていた文を少将に任せると、すぐに紫宸殿の階をあがって、柏のいるほうへと急ぐ。

「柏殿がなぜ？」

　梓子を追って渡殿に上がってきた少将の疑問に、梓子が答える。

「南庭で文探しをすることになったところで、柏殿に急ぎのお願いをしました。その文は届いたようでなによりです」

　柏が微笑んで、手にしていた梓子の文を示す。

「藤袴殿より『南庭に文を埋める』ことで何かが起きる噂が流れてないか調べてほしいとご依頼いただきました。具体的であった分、すぐに行き当たりました」

　梓子の狙いは当たったようだ。少将と怪異の目的の話をしたときに、なぜ歌が南庭に集められたのかということが問題になった。それがあったので、梓子は南庭と文をつなぐ噂がないか、柏に調べてもらったのだ。

「噂の内容は『南庭の橘の木の近くに想い人の御文を埋めると想いが通じる』でした」

　柏の報告に、少将が低い声で返した。

「そのために文を奪って埋めた、と？」

　柏は笑みを浮かべたまま応じる。

「そうなりますね」

柏に肯定されて、少将が大きなため息をついた。

「それは……想いが通じるどころか、断ち切りたくなる理由ですね」

どこからか聞いていたらしい左中将が少将に歩み寄る。

「左中将様、そちらは……」

左中将は手に土で汚れた紙束を持っていた。

「義兄上の筆跡と見える御文が複数見つかりました。私のものもございます。義兄上のお考えが正しかったようです。贈った歌の返しがないと言っていた者たちだけ集めての作業で正解でした。知らぬ者に掘り出されて差出人を探られてはたまりません」

左中将の口調は、苛立ちと憤りを含んでいた。

「それは、たしかにいやですね」

破けて読めなくなっている文もあるが、歌が読み取れるものもあるわけで、それが人目に晒されるというのはあまり気分の良いことではない。

「私の狙いは怪異遭遇の条件のほうだったが、これで良かったわけだ」

少将は少将で遭遇条件のほうを考えていてくれたらしい。

「文の差出人か受け取り手であることがモノの発動する条件ではないかという気がしたんだ。……南庭を最初に調べたとき、遠巻きに我々の調査を見ている者が何人もいた。その中に文が散った話をしていた者もいた。おそらく、すでに歌を詠みかけられる怪異に遭っていたんだろうね。だから、あの時の歌は複数聞こえたわけだ」

少将が自身の狙いと考えを話しているところに讃岐介が来た。

「右近少将様、私のものもございました」

彼が手にしている文は数通あった。讃岐介もなかなかに人気のようだ。

「だいぶ、ボロボロのようだが、讃岐介殿の御文で間違いない？」

「ええ。もう歌の部分が読み取れない状態ですが、字が私のものです」

讃岐介がいくつかある文の内のひとつを開いて少将に見せた。

「……どうしたの、小侍従？　顔色が悪いよ」

梓子は讃岐介の手元から目を離せぬまま、手短に告げた。

「それらを遠ざけてください。柏さん、朝顔殿とお下がりください。……返歌がないことへの嘆きが、埋めた者の妄執や妬み（ねた）と合わさって、とてつもなく黒々とした瘴気（しょうき）を放っております」

柏の仕入れてきた話でいけば、文を埋めた者は文の差出人に想いを寄せている。朝顔に害を及ぼさないとも限らない。

「怪異の元は文です。左中将様、掘り出した文はすべてひとところに集めてください。どの文が怪異と結びついているか確認して漏れがあるより、すべてを縛りの対象としたほうがいいでしょうから」

左中将が場を離れると、少将が首を傾げた。

「私のは……あまりそういう感じがないけど？」

少将は先ほどの文を持ったままだった。

「それは……少将様がそもそもわたしからの返歌を思い詰めるほど求めていらっしゃらないからかと」

梓子の推察に、少将が頷く。

「まあ、そうだね。嘆き恨む前に梅壺に行けばいいからね」

梓子は少将の手元の文を見つめる。左中将が新たに持ってきた文は黒い靄をまとっているので、怪異を発動させていた。

「……その分、埋めた方の妄執が受け取り手を攻撃してきますので、なかなか痛いですよ。針先で喉元をつつかれているような感じがします」

怪異が梓子を攻撃してくるというのは稀なので、梓子は興味深く文を眺めていた。だが、少将は慌てて文を持つ手を梓子から遠ざけた。

「そういうことは早く言いなさい！」

少将は左中将のほうへ向かいながらその場にいる者に聞こえるよう、声を大きくした。

「掘り出したものは全部集めたら、一旦距離を取れ。文の差出人、受け取り手、内容は一切問わないから、絶対にこの場から持ち出さないように。持ち出せば、本来の受け取り手がどんな目に遭うかわからない。左中将様、徹底を！」

後半は、ほぼ脅しだった。ここまで言われて手放さない者は居ないだろう。

ものが文なので、積み上げてもたいした高さにはならなかったが、それでも近寄りたくない空気を漂わせているようで、少将が再度注意しなくても掘り出し作業をした全員が文の小山から距離を取った。

「まとめさせたことで、歌は混じってよくわからない状態だね。けれど、いやなニオイを漂わせているよ。近づきたくもないが、このまま南庭に置いておくわけにもいかない。どうにか縛れそうかな、小侍従？」

問われて、梓子は小さく唸った。

「歌を贈った側の想いと埋めた者の想いが入り混じって、怪異の目的が定まっていません。文の差出人は当然のことですが、本来の文の送り先に届いてほしいし、相手からの返歌がほしい。それが叶わないことを嘆いているわけです。一方で、埋めた側は差出人を想ってこの文を埋めるまじないに頼ったわけですから、本来の文の送り先に届いてほしくないんですよ。文のやり取りを成立させたい側とさせたくない側が入り混じっているから、怪異の目的もちぐはぐです。……このまじないで、うまくいった人なんているんでしょうか。構造的にうまくいかないように思うのですが」

いったい誰がこんな欠陥まじないを広めたのか。梓子は肩を落とした。

「怪異の目的が定まらないまま、怪異としては発動状態にあるわけか。新手だね。でも、そのおかげでこれまで怪異に遭遇しても実害らしい実害はなかったということかもしれないね」

少将の言うことも一理ある。文の本来の送り先に対する動きが正反対なのだ。それが、返歌をしなくても死ぬわけではないところに留めている可能性が高い。どちらかに傾けば、実害が生じることになるだろう。だが、それで怪異の目的は定まる。

「問題は、どう傾けるか……」

下手をすれば、文の送り先への実害が、梓子自身に突き刺さることになる。同時に梓子と同じく文の送り先として実害を受けることになりそうなのが朝顔だ。

「……朝顔殿は、大丈夫でしょうか？」

「讃岐介殿が付いているから大丈夫じゃないかな。朝顔殿は君や兼明殿と居ただけあってモノ相手に度胸があるね。讃岐介殿に文に書いてあった歌を尋ねて、返歌をしていたそうだ。余裕があるよ」

「……そうですか……って、少将様、そこの御文は讃岐介殿が持っていたものでは？」

少将は新たな文を小山の上に載せようとしていた。

「そうだね。君に影響しないから持ってきてもらってそのままになっていたんだ」

梓子は、少将の衣の袖を引いた。

「待ってください、少将様」

少将の手にある讃岐介の文をよくよく見て、梓子は確信する。

「見た目が、黒い靄の漂い方が違っています。……おそらくですが、返歌があったことで、差出人の嘆きが消えたようです」

これが傾ける方法だ。梓子は少将を見上げた。

「差出人と受け取り手の間にある想いはそれぞれに違うので、ひとまとめのモノとして縛るのは難しいです。でも、埋めた者の妄執は『想いが通じてほしい』というひとつの目的しかありません」

　モノ慣れた少将は、梓子の考えをすぐに理解して頷いた。

「モノとしての目的がひとつなら、まとめて縛れるということだね」

「はい。……それで、そのために少将様と左中将様にお願いがございます」

　梓子は笑顔を少将に返すと、すぐ近くにいた左中将と合わせ二人に頭を下げた。

「差出人の嘆きを消し去るために、梓子は二人を頼ることにした。

「すべての歌に、差出人の嘆きが納得するような返歌をしてください」

　少将と左中将は顔を見合わせてから、同時に掘り出された文の小山を指さした。

「え？　……あれ、全部に？」

　その場の全員の視線が文の小山に注がれる。

　掘り出された文は怪異を発しているものも、いないものもある。だが、埋めた者の妄執をひとつの名、姿形でひとまとめにして縛る以上、埋められていたすべての文の差出人の嘆きを消す必要があるのだ。

「はい！　あれ全部に、です」

　梓子は、満面の笑みでそう応じた。

■ 六 ■

半刻（一時間）後、積み上がっていた文への返歌が終了した。

「さすが少将様と左中将様。宮中でも名を知られる歌詠みのお二人です。讃岐介殿もお見事にございました」

途中から讃岐介にも返歌担当に入ってもらい、三人がかりで返歌をしてもらった。

ぐったりしている三人を称賛し、梓子は携行用の硯箱を取り出し、墨を用意する。

「……しかし、自分の歌に自分で返歌するというのは、なかなかきつい体験だった」

一番多くの返歌を作ることになった少将が疲れた顔で呟くも、左中将がすぐさまそれに反論した。

「義兄上は小侍従殿がいらしたからいいではないですか。本人を目の前にほしい歌を考えればよいのですから。……相手がいない場で自分が納得する歌を考えるとか、上の方々から『そういう返歌がほしかったんだ』って目で見られて……。恥ずかしすぎます！」

左中将は、この場に集められた人々の中では最年少だったこともあり、頭弁ら位階も年齢も上の人々に、自身の恋文に自身で返歌するという、それだけでも恥ずかしい状況を、生温かな目で見守られるというさらに恥ずかしい状況に置かれたのだった。

少将と讃岐介が左中将を宥める。さらに讃岐介は返歌の難しさという方向で話題を変えて、左中将を慰めた。

「一部には日常的な挨拶の文もあって、私は、そちらのほうが返歌を考えるのが難しかったですよ。定型や無難なもので仕上げると、差出人の嘆きでしたか？　それに満足してもらえない気がして」

「そんな文まで埋められていたのですか？」

梓子は思わず反応した。すべての文を見たわけではなかったので、恋文以外の文まで埋められていたとは、梓子も知らなかった。

「歌がある文なら、なんでも埋めるというのは勘弁してほしい。小侍従に送ったのとは別の方向性で、返信がなくてやきもきさせられていた文がいくつもあったよ」

少将が文句をそう言えば、左中将はさらに強い言葉で文句を口にした。

「どんな文であっても、人が書いたものを奪って埋めるなんてことはやめていただきたいですよ」

嘆きと妄執の拮抗は崩れ、いま文に残っているのは、埋めた者の妄執だけとなった。手紙の主への想いが通じることを目的とする怪異は、文を埋めた者の妄執に含まれる文の受け取り手への嫉妬による動きも活発化させている。実害が広がるその前に、モノを縛らねばならない。

梓子は、首元に感じる見えない針先が突き刺さる感覚をふり払う勢いで筆を構えた。

「ええ、左中将様のおっしゃるとおり、やめていただきましょう。……こんなことで想いが通じるなんて噂が二度と出てこないように、完膚なきまでに散らします」

「ちりぬれば　のちはあくたに　なるはなを」
散ってしまえば、あとは芥（ごみ）になってしまう花を
「おもひしらずも　まどふてふかな」
そうとも知らずに惑い飛び回っている蝶よ

筆先が言の葉の鎖で重くなる。歌徳を得たその言の葉の鎖が、文の小山を蛇がとぐろを巻くように包み隠す。

言の葉の鎖は、積み重なった文を搦め捕り、草紙へと縛る。

「その名、『はつはな』と称す！」

古今和歌集にある僧正遍照の一首だ。物名に分類される歌で、上の句の『くたに』が物名として読み込まれている。花の儚さを惜しむような内容ではなく、美しい花も散って芥になるのだという無常観を詠っているものだ。

いつものように縛りで体力を使い果たして倒れる梓子を、少将が受け止めてくれた。

「散った文を散る花と見立てたわけだね。それも始まりの花の意で『初花』ではなく、散ってしまえば芥扱いの終わってしまう花で『果つ花』とは。……散ってしまった文は

芥でしかないのに、恋に惑わされる蝶は想いを込めて南庭に埋めたのか。けれど、その恋の花はすでに散っているということかな」

　与えた姿形は『はつはな』の名に合致する散り落ちた花弁。芥となった花弁の一枚一枚が、埋められていた文である。

「なかなかに辛辣ですね」

　左中将はそう言うも、表情は満足そうだった。

「妄執を散らしたので、埋めた方の想いも多少なりとも影響を受けて、慕う想いが薄まるかもしれません。……これって、私情でしょうか？」

　結果として、少将を慕って文を埋めた人々の想いを薄めたことになる。

　小声で問いかけた梓子に、少将が『これでいい』とほほ笑んだ。

「君は何も悪いことをしていないよ。差出人側にしてみれば、勝手に文を奪って何してくれるんだって思っているからね。そんな人間に慕い想われるなんて、ちっともいい気分ではないよ、大々的に散っていただけたほうがありがたい。だから、これでいいんだ。……お疲れさまだったね、小侍従」

　安堵が身体の力を抜く。梓子は少将の衣に身体を預けた。

「さて、あとは我々がもうひと仕事という話だ。……さあ、掘り返した庭土を戻して、玉砂利を敷きなおしだ！」

　そうか、それがあったかと思うも、封じた直後の梓子では全く役に立たない。大人しく少将の腕に支えられて、動き出す人々を眺めていることしかできない。

縛りの技を使ったあとには動けなくなる梓子を、少将は本当に支えてくれている。文のやり取りを途絶えさせようと文を奪われたとしても、途切れることない縁が結ばれている。その縁は、色恋と無縁な怪異対応だったりするけれど。

「あー、わたし、やっぱり私情が入っていました。誰がなんと言おうと反省です！」

梓子の反省宣言に、少将が肩を震わせて、笑いをこらえていた。


少将が梓子を抱えているところに穴埋め作業を指揮していた左中将が戻ってくる。

「義兄上。掘り返した穴を埋め、玉砂利を戻す作業が完了しました。集まった皆様にご協力いただいて、再度南庭の隅々まで回りましたが、歌は聞こえてきませんでした。南庭の怪異の件、藤袴殿の御業にて、無事に収まったようです」

「ありがとうございます。左中将様が指揮を執ってくださったおかげで、穴埋め作業が迅速に行なわれました」

「いえ。……それで、このあとはどうしますか。また、まじないをしようとする者がいるかもしれません。見張りを立てますか？」

左中将に問われた少将は少し考えてから首を横に振った。

「南庭の怪異の噂が消えるまでの間だけは立てたほうがいいかもしれません。ですが、その後は大丈夫でしょう。少なくともまた埋めに来る者はいないはずです」

少将たちが南庭を掘り返したことはすでに宮中に広まったはずだ。文を埋めた者たちは、南庭に近づこうともしないだろう。文を故意に散らしたことは、咎められる行為だ。慕う相手に嫌われることをしただなんて、誰も知られたくないだろうから。

「小侍従は、妄執を縛ったことは埋めた者にも影響して、想いが薄まるだろうと言っていたよ。その点からいっても、見張りを長期間置く必要はない」

「埋めた者に影響ですか……。掘り出した側の記憶も薄まればいいのに。私は、この場の皆様全員の顔を忘れることにします。……今後の宮中生活に支障がありそうなので」

自分の恋歌に自分で返歌するところを見られたのが、そうとうきつかったようだ。

「我々の返歌はもうない。南庭で穴掘りしたことだけ覚えていれば十分じゃないかな」

「そうなんですよね。返歌も元の文も、まとめて散りましたよね。私では怪異そのものは見ることができませんが、積み上げた文が塵となって消えたことはわかりました。あれも藤袴殿の御業によるものですか？　例の桃の木が消えたのも驚きましたが、あれはどちらかというと元々が怪異的存在だったじゃないですか。歌会の件は、特に何かが消えるということはありませんでした。今回は自分が出した文が目の前で消えたので、なんだか余計に驚いてしまって……。消える直前、ほんの一瞬だけ花の香りがしました。でも、すぐに消えてしまった。僧正遍照の歌のように花が散って芥となったのでしょうか？」

左中将は、梓子の御業を間近に見るのが初めてなわけではなかったが、自分の文という、自身も触れたまったく怪異的な存在ではない物が消えたことに驚いたようだ。やや興奮気味に問う左中将に、少将は苦笑した。

梓子が縛りの直後でなければ、『左中将様は、まだまだモノ慣れてはいらっしゃいませんね』などと言い出すのではないだろうか。

「実のところ、私もはっきりと視えるわけではないんです。ただ、小侍従が縛ったあとには、嫌なニオイはしなくなるから、消えたのだということがわかるだけで」

どこかに退かされたとか隠されたとかいう話ではなく、消えるのだ。陰陽師や僧侶の術に比べ、制約がかなり多いが、それでもなお梓子の御業は特別で強力なものだと少将は思っている。

「ニオイ……？　それがわかるだけで、すごいことだと思いますけどね」

今度は左中将が苦笑を浮かべる。

「とりあえず、今回の件は終わりました。お疲れの藤袴殿を梅壺へお運びいたしましょう。……この御業は、藤袴殿のご負担が大きいようです」

左中将の指摘に少将は頷いた。今回は、怪異の攻撃という実害もあった。そのせいか、いつもなら辛うじて意識があるはずの梓子も、少将の腕の中で眠ってしまったようだ。

「本当に割に合わないお役目だよね。……先代の、小侍従の母上は、この御業を継いでいくことをどう思っていらしたのか。聞いてみたかったよ」

梓子が幼い頃に亡くなったことで、直接御業を引き継いだわけではないから負荷が高いと本人は思っているようだが、この御業は準備が必要な点を含めて、そもそも使う側の負荷が大きい。少しでもその負荷が下がるのならば、本気で尋ねてみたいとそう思ってしまうのだ。

■終■

前代未聞の南庭掘り返しから数日後、いつもどおり少将が梓子の局を訪ねてきた。

「南庭の件で、主上から公卿に、あと各殿舎の主から女房たちに、宮中でまじないの類を行なうことを禁じると通達が出たそうだ。……わざわざそんなことを通達せねばならないことが腹立たしいかぎりではあるね」

少将の腹立たしさに梓子は強く同意を示した。

「ごもっともです。そもそも人の文を奪うという行為が許されません。少将様は、わたし宛てではない文も埋められていたのですよね？」

御簾の向こう側、少将は蝙蝠を開くとその裏でため息をつく。

「たしかにあったね。それも一通ではなかった。まじないを禁じたぐらいじゃ楽観視できない状況ではあるね。……宮中でいまだ流れている噂では、私は日々たくさんの女性のもとに通っていることになっているから、誰宛てだろうと怪しく思えたのだろう。今後、文の送り方に気を付けなければならないな。確実に相手に届くようにしないと。政に関わる文でやられたら大事になる」

　そこまで言ってから少将は蝙蝠を閉じて、梓子に尋ねてきた。

「文といえば、朝顔殿への文はもう送ったの？」

　梓子は先ほどまで書いていたところです。これも確実に本人の手元に届くといいのですが」

「讃岐は遠い。届いて返しが来ない限りは確かめようがないね。……それにしても、宮中を下がってそのまま讃岐へ同行するとは、ね。讃岐介殿が離れがたくて連れ去ったというわけではないんでしょう？」

　少将は柱にもたれて、小さく笑う。

「なくもない気がしちゃいますよ、あの方だと。……実は、埋められていた讃岐介殿の文は、彼女の局までは届いていたということがわかったんです。朝顔殿は、そのことに衝撃を受けられ、下向に同行することを決められたそうです」

　また文が散られてはかなわないと、讃岐介が文を届けた経路のどこに問題があるかを確認したところ、埋められた文が一旦、朝顔の局に届いてから散ったことがわかったのだという。

「なるほど。局から持ち去った者は、同じ弘徽殿勤めの女房である可能性が高いということか。それは、文だけが奪われていたのか疑いたくもなるし、疑ったまま出仕を続けるのも気が重いね」

弘徽殿は、梓子が仕える梅壺に比べて女房が格段に多い。そのため、女房たちは弘徽殿とは別の殿舎に局を賜っている者もいる。朝顔もその一人だったので、弘徽殿内で文を奪われたわけではない。それでも、だいたい同じ殿舎の女房がまとまっているものだ。特に右の女御に仕える女房たちはほかの殿舎の女房との交流を好まないので、朝顔の局の周辺も弘徽殿に仕える女房の誰かだったはずだ。

「はい。少将様は、右の女御様とお付きの女房方に遭遇した時のことを、憶えていらっしゃいますか？」

梓子の問いに、少将は柱にもたれていた姿勢を正すと、蝙蝠を再び広げてから御簾のほうに寄った。右側の話をするときは、どうしても声を潜めることになる。

「もちろんだよ。……ああ、誰とは言わないけど、朝顔殿に対して好意的ではない言動があったね」

梓子も御簾の端近に寄り、広げた蝙蝠の裏から小声で話した。

「はい。どうも、朝顔殿は、右の女御様のお気に入りだったようなんです。まあ、新参者ですから、それで女御様の近くにいるというのが気に入らない方がいたようで」

少将が呆れた声で返した。

「そこは、人によるんじゃない？　君は梅壺の新参者だけれど、左の女御様に目をかけられていても、ほかの女房たちは悪く言わないでしょう？」

「それこそ梅壺だからかもしれないですよ」

梅壺の女房はほかの殿舎に比べて圧倒的に少数で、その分それぞれに明確な役割が与えられている。少将は梓子が左の女御から目をかけられていると言うが、梅壺では誰もが重要で、欠くことができない。そこに古参も新参もないのだ。

「まあ、たしかに梅壺と弘徽殿は違うね。弘徽殿では、古参の女房は誰も彼も右大臣とのつながりが強い。右の女御様にとって、右大臣とのつながりが希薄だった新参の朝顔殿は気を許せる相手だったんじゃないかな」

少将は右の女御の心情に理解を示した。

「右の女御様は、あの時も朝顔殿を庇ってておられました。朝顔殿が宮中を去ったことを悲しんでいらっしゃるでしょうか」

梓子が問えば、少将は小さく笑ってから、広げた蝙蝠の裏で楽しそうに言った。

「どうだろうね。あの方はとても頭の良い方だから、朝顔殿の置かれた状況を察して積極的に讃岐へ送り出したかもしれない。……意外と策士だよ、あの方は。だから、もし、また遭遇することがあった時は、君も気を付けたほうがいい。その時、あの方が君を庇ってくれる側かはわからないから」

「右の女御様に、気を付ける……ですか」

策士、という言葉に、梓子は京を去る朝顔を見送った時のことを思い出す。

牛車に乗り込む直前、名残を惜しむように梓子に抱き着いた朝顔が、耳元でそっとささやいた。

『藤袴殿。右の女御様があなたにご興味を抱かれたようよ』

驚き言われたことを確認しようとした梓子をさらにきつく抱きしめて、朝顔は続けた。

『気を付けてね。あの方も、あの方の周りも、モノより厄介よ』

誰にも聞かれてはいけないのだとわかった。だから、そこからは梓子も名残を惜しんで抱き返して、この件で何か言葉を交わすこともないまま見送った。

朝顔だけでなく、少将にも右の女御には気を付けたほうがいいと言われるとは。

御簾の内で俯き考える梓子に、御簾の向こう側から少将が声を掛けてきた。

「小侍従、出ておいで。月が出てきたよ、一緒に眺めよう」

先ほどまでは薄曇りで、月がはっきりと見えなかったが、雲が去ったようだ。

「そうですね」

梓子は局の御簾を上げ、少将の隣に座った。夏の夜空に少し傾いた月が見えた。夏の夜は短い。こうして一緒に月を眺めていられる時間も短いのだから、たまには局を出て横に並ぶのもいいかもしれない。

「……あ、悪くない歌が浮かんだ」

傍らでそう呟いた少将が、少し身を傾けて、梓子の耳元で歌を詠む。

「少将様……！」

梓子は思わず自分の耳を手で覆って、少将から離れた。

「くすぐったい？　でも、これなら確実に君に歌が届く。いい方法でしょう？」

笑う少将の目は梓子をまっすぐに見つめ、返歌を待っている。

「……そうですね。では、わたしも採用するといたしましょう」

梓子は、猫の歩みで少将の隣に戻ると、少し身をのばして、少将の耳に精一杯の返歌をささやいた。

弐話 うつしみ

■ 序 ■

宮中を下がる準備を終えて、梓子は柏に記録用に賜った紙の束を渡した。

「それでは、わたしが不在の間、よろしくお願いしますね」

「ええ、ええ。もちろんですとも。お任せください、藤袴殿」

柏が微笑むと、同じく梓子の局に来ていた紫苑も笑みで送り出してくれる。

「良き日和です。健やかにお過ごしくださいまし」

良き日和と言われて、梓子は頬が少し熱くなるのを感じた。今日は、ついに二条の邸で少将と過ごすために宮中を下がる日だ。三晩を共に過ごした後で、関係を公にする露顕の儀式を行ない正式な夫婦となる。本来であれば、少将の通いを梓子の自邸で受けるわけだが、梓子の場合は少将の邸に迎えられたので、少将が梓子の部屋を三晩訪れる形となる。少将曰く、二条の邸でこの形は物語的でいい、とのこと。藤式部の物語のことだ。あまりいいことではないように書かれていた気がするが、物語であろうと前例があるならば、許されるから気にすることではないという強気は、梓子としてもありがたい。梓子だってよくわかっている。自分たちは全く通常の婚姻手順を踏んでいない。認めないという視線は、きっとこれからも続く。

「……良き日和でありたいと、そう思います」

実のところ、蔵人所の陰陽師である祖父によると、秋どころか冬以降のほうがいい（できれば、来年がいいとまで）と言われたのだが、さすがに先すぎるので、この時期になった。あまりよろしくない日々の中での比較的ましな期間として、今日から、ということになった。

本当に『良き日和』なのか微妙だ。そんなことを思ってしまったのが悪かったのか、母屋のほうから声が掛かる。

「藤袴。女御様がお召しです」

萩野の表情は、何か言うのを我慢しているようであった。

「女御様が？」

萩野の表情から柏と紫苑もやや緊張する。

宮中を下がる女房を送り出す言葉をかけるための呼び出しには思えない雰囲気が漂っている。

なにがあったのだろう。よもや、怪異が発生したのだろうか。

梓子もまたやや緊張して御前に座した。

背後のそこかしこで聞き耳を立てられている感じがする。だからだろうか、左の女御は梓子を手招きすると、小さな声で問いかけてきた。

「……藤袴。包み隠さずに教えてくれる？」

なんのことだろうか。視線だけ上げた梓子に、左の女御がさらに声をひそめて問う。

「梅壺勤めはつらいの？」

ひそめた声でも言葉は聞こえた。言葉の意味もわかる。ただ、言われた内容に気持ちがついていかない。

「はい？」

思わず聞き返す声が大きくなる。

「いいのよ、隠さなくても！」

「いえ、何も隠してはいないのですが！」

勢い大きくなった声のままやり取りしていると、黙っていた萩野が声をあげる。

「……まあ、あなたたち、なにごとです？」

その声に振り向けば、聞き耳を立てていた皆が顔を覗かせていた。

結局、女御の御前に梅壺の女房が勢ぞろいする。

ただ、いつもとは違い、この殿舎では新参の梓子が一番前に出ている。

「まず皆様もいる前で最初に申したいことは、梅壺でのお勤めに不満などございません。わたしのような者に場を与えていただけたことに感謝しております。……それが、どうしてそのようなお話になったのでしょうか？」

問われても訳が分からないのは、左の女御と萩野も同じのようだった。

「藤袴は、右の女御様と直接お会いしたことがある？」

左の女御に問われて、記憶を掘り返す。

「右の女御様と、ですか？　……果たしてあれを直接というのかどうか。先日の『はつはな』の件で、依頼してきた者が弘徽殿の女房の一人でしたので、その関係でお声掛けをいただきました……。ですが、お付きの女房方の中からお声掛けいただいたので、お姿を拝見したわけではなく……」

本人に会った時の記憶ではないが、その名が出た時のことを思い出した。

『右の女御様が、貴女にご興味がおありのようなの。……気をつけて』

朝顔が京を去る直前、梓子にそう耳打ちした。

「藤袴、なにか心当たりが？」

「いえ、これは……そこまではっきりとしたものではなく……」

萩野の視線が鋭い。梓子は御前に首(こうべ)を垂れた。

答えようがない。あれは、幼馴染(おさななじみ)の感覚的なものだ。だが彼女のその感覚的なものが恐ろしく精度が高いことを知っている。なにせ、モノ寄せしないように、モノが発生しそうな場を避けられるという、潜在的な危険を察することができる類(たぐい)の直感だ。避けられた危機の証明はできない。それを知っているのは、宮中では自分と兼明ぐらいだろう。その感覚を高く評価していた梓子の母は亡くなったし、その評価を知っている乳母(めのと)の大江も京に居ない。梓子がその精度の高さを訴えてもどうにもならない。

「いったいなにがあったの？　……右の女御様がわたくしの女房を貸してほしいなんて言ってくるのは、はじめてのことだわ」

左の女御のため息に梓子は顔を上げた。

「え？　わたし、貸し出されるんですか？」

左の女御と萩野の間に視線を往復させて問うも、二人とも否定してくれない。

「どこからか貴女が里下がりすると聞きつけたらしくて、梅壺での仕事がないならちょうどいいから、弘徽殿まで寄越してほしいとおっしゃって……」

もしや、怪異の対応だろうか。それは別の女房に引き継げる仕事ではない。

「……その貸し出しというのは、いまから、ということでしょうか？」

左の女御も萩野も無言だ。否定されないということは、そういうことだ。後ろの同僚女房たちからも驚きというか憐れみの声が上がる。

どうやら、いまから里下がりというところで、まったく予想外のところから待ったが掛かった、ということらしい。さすが、ほかより多少ましな期間との占術結果。なにごともないわけがなかったということか。

■　一　■

弘徽殿は、後宮七殿五舎のほぼ中心に位置する常寧殿の西にあり、南北に長い七間四面の造りをしている。皇后や女御の中でも有力な方が賜る殿舎で、その西廂は南北に延び、北は登花殿に、南は清涼殿につながっており、細殿と呼ばれている。なお、梓子が仕える梅壺は弘徽殿のさらに西にある。

これまで望んで向かうことのなかった弘徽殿。右の女御様への取り次ぎをお願いすべく、人の気配を感じる御簾の前へと進む梓子の足取りはかつてない遅さだ。覚悟ができていないようで、まったくできていない。

「宮中の平穏のために……」

梓子は念仏を唱えるように繰り返し呟いていた。

二条邸に下がる日だったのが、良くなかった。梓子は、まだ公式に『右近少将・源光影の妻』ではない。そうなるための、あるいはそうであると周囲に周知する前段階のための数日間になるはずだった。

もし、周知したあとであったなら声が掛からなかった可能性は高い。源光影は左大臣の猶子。どっぷり左側の人間となれば、さすがに右の女御も弘徽殿に呼び出すことはなかっただろうし、周りも止めただろう。

現状の梓子は、梅壺の女御に仕える女房の一人で、元々は典侍の身元保証によって宮中に入った者でしかない。典侍は内侍所の次官であるため、表向きどこかの派に属しているということはない。内侍所は、帝の日々の生活を支えている。そこであからさまに誰かの側にあるとなると、帝が穏やかにお過ごしになることに差し障る可能性があるからだ。

その上、梓子はあくまで梅壺に臨時派遣されている女房であって、正式に左の女御に仕えているわけではないと、藤袴小侍従の存在を認めない人々がいることも、呼び出しに拍車をかけている。右側は左側の情報を基本的に認めない。帝のご意志による梅壺へのお渡りも認めていないという噂もあるくらいだ。

ただ、右の女御ご本人だけは、右大臣が送り込んだ周囲の女房と一線を画す情報網を持っているという話だ。今回の件も、その情報網から藤袴小侍従が数日の休みに入ると知り、左の女御に話を通して、梅壺の女房の貸し出しを申し込んでいる。右の女御の認識では、梓子はちゃんと梅壺に仕える藤袴小侍従なのだ。

この点も気を付けねばならない。右の女御とその女房たちは、主従で情報が共有されていない。そうなると、今回の呼び出しを、弘徽殿の女房たちが知らない可能性だってある。取り次いでもらえるかどうかからして、危うい。

「梅壺の藤袴にございます。弘徽殿の女御様のお召しにより参りました」

緊張の声で右の女御へのとりつぎをお願いすると、予想していたとおり、御簾の内側がざわついた。

だが、すぐに一人の女房が出てきて御前へと案内される。その女房が通すなら……という雰囲気からいって、梅壺でいう萩野のような、殿舎の女房のまとめ役だと思われる。この殿舎の女房の特徴である裳に描かれた女房名の花は橘。従って、この女房は橘殿ということになる。

　その弘徽殿の取りまとめ役と思われる橘殿が先導していても、ほかの女房たちの視線が突き刺さる。こんな場所だというのに『あやしの君』という言葉が聞こえてくる。どうやっても好意的な雰囲気ではない。むしろ、悪意に満ちている気がする。言動には、いつも以上に気を付けねばならない。弘徽殿では小さな失敗も命取りとなり、宮中を追い出されるかもしれないのだから。

　弘徽殿の女房たちの不穏な空気に不安と緊張で動きがぎこちない梓子の様子を察してか、平伏する梓子に右の女御の第一声はねぎらいの言葉だった。

「先だってはよくやってくれましたね、藤袴」

　これに周囲のざわめきが止む。殿舎の主が叱責ではなく、ねぎらいの言葉を言うために呼んだのだとわかって、慌てたようである。

　その反応を十分に見てから右の女御は続けた。

「藤袴には我が殿舎の女房たちが世話になりました。……その主上も目をお掛けになる御業でわたくしのことも怪異から助けてくださいね」

　お召しの理由は、やはり怪異だったようだ。

　すでに複数回、弘徽殿の女房が藤袴小侍従と関わったこと、帝が認めている技を使うことに加え、依頼をするために呼んだのだという女房たちを黙らせる要素をすべて詰め込んだお言葉を一気に口にした。

「女御様のお役に立てるよう努めてまいります」

梓子は感服とともに御前に平伏した。右の女御は、自身の殿舎の女房たちをよく理解している。左側の女房に対して攻撃的だが、右の女御が左側の女房を招いたのであればそれに追随して、矛を収める。ある意味、典型的な宮中勤めの女房の言動である。悪いことではない。帝の妃に仕える女房というものは、己の殿舎の主の評価が最も大事なのだから。

まだやや微妙な空気が漂う中、梓子は顔を上げ、右の女御と向き合った。

「女御様。早速ですが、いつ、どこで、どのような怪異が起こったのでしょうか」

誰を通すでもなく右の女御に問う梓子に、再び弘徽殿の女房たちの視線が突き刺さり、ざわめきの中に鋭い批判の声が混じる。

だが、梓子は先ほど右の女御の仕事を受けると返事した。正式な仕事に切り替わったのである。梓子には受けた仕事は完遂するという信条がある。だから、もう聞こえるようにヒソヒソ話でなにを言われたって、気にならない。怪異を解決する。それがいまこの場にいる梓子のすべてなのだ。

梓子の顔になにを見たのか、右の女御が扇を広げてから、梓子の問いに答えた。

「数日前のことよ。場所は弘徽殿の母屋……この場所ね。突如、物が壊れてしまったの」

聞かれることを想定して、状況をまとめておいてくれたようだ。淀みなく、ハッキリと事象の説明をされた。これもまた右の女御の直言である。状況の説明ばかりは、梅壺で言えば萩野のような、女御の側近女房である橘が答えるかと思っていたが。

殿舎ごとに、いや女御ごとにやり方の違いが出るのだろう。梓子は、とりあえずそれで納得することにして、周囲に視線を巡らせた。

「ここで怪異が……」

一見するに異常はない。怪異に特有の黒い靄のようなものも見えない。柱も床も特に何かがあったような痕跡はない。

「壊れた物はどちらかに保管されておりますか？」

具体的に壊れた物を見たほうがいいと思い、そう問いかけると女房たちが末席の女房一人に視線を集中させる。彼女は促されるように鈍い動きで梓子を塗籠へと案内した。

「こちらですか」

壊れた調度品が一か所にまとめて積み上げられていた。御前から退かしたものの置き場所がなく、塗籠の片隅に集めて置いておいたようだ。

「これは……」

ひどい、という言葉は呑み込んだ。灯台は油皿を支える台のすぐ下で折れていた。二階厨子は、二階部分が半分壊れて失われており、開き戸は取れかかってぶら下がっている。蒔絵の鏡箱は、丸いはずの蓋が半円近くまで欠けていた。怪異が起きたというその日に、弘徽殿にだけ突風が吹いたとでもいうのだろうか。少なくとも梅壺ではそんな激しい風が吹いたという話を記録した覚えはない。

「たくさんの物が壊されてしまいました。もったいないです」

案内の女房が壊れた調度品のひとつに触れ、そう呟いた。

珍しいことだ。怪異に触れた物なんて近づきたくもないと遠巻きにする女房がほとんどなのに。裳に描かれているのは特徴的な葉の形をした草だった。どうやら麻という のが彼女の女房名らしい。

たしかに、麻がそう言ってしまう気持ちはわからなくもない。積み上げられた物の端々に螺鈿装飾や蒔絵、繊細な彫りこみが見て取れる。さすがは右大臣を後ろ盾に持つ右の女御。壊れていても見入ってしまう見事さだ。

「そうですね。これほどの品々をこんなにも……。ですが、女御様におけががなくて幸いでした」

梓子はこの場を離れると、右の女御の御前に戻った。

「藤袴よ、どう見る?」

扇越しの小声であったが、またも女御からの直接の問いかけだった。

「モノの残滓のようなものは視えませんので、使えそうなものは又使っていただいても問題ないと思います」

正直に言ったが、弘徽殿の女房たちは拒否感を示す言葉でざわめく。右の女御は眉を寄せた。

「モノの残滓……とはなんだ？」

わかりにくかったようだ。常時憑かれている少将や憑かれやすい左の女御をはじめ、モノに関してある程度の知識がある人々の多い環境に居たので、一から話す配慮ができていなかった。梓子は反省とともに、説明を試みた。

「失礼しました。モノの残滓というのは、怪異の残り香のようなものです。それがあるうちは、怪異と事物の間に縁が……つながりが残っている状態です。塗籠に置かれたものには、それらを感じませんでした。したがって、怪異はすでにこの殿舎を去ったものと思われます」

梓子の説明に、弘徽殿の女房たちが安堵の息を吐く。心なしか睨みつけてくる視線が和らいだように感じる。これならば、と思い梓子はひとつの提案をした。

「ですが、念のため、殿舎の中を見せていただいてもよろしいでしょうか」

「殿舎の中を見たいのか？」

右の女御の返しに、一気に周囲の視線が警戒するものに変わる。やはり受け入れられないようだと思うも、これは本当に弘徽殿に問題がないことを確認するために必要なことだ。梓子は右の女御の問いに躊躇いない声で必要性を口にした。

「はい。怪異がどこから入ってきたのか、完全に弘徽殿を出たのか、それらを確かめるために必要なことにございます」

怪異がどこから入ったか、完全に出ていったのかも重要だが、どこへ出ていったかも重要だ。もしかすると、後宮のほかの殿舎に入りこんだ可能性もある。今回は殿舎の主である右の女御が無事だったが、次に入りこんだ殿舎でもそうとは限らない。弘徽殿は南に帝の居所である清涼殿、西には左の女御の居所の梅壺があるのだ。弘徽殿だけが無事でも何も安心できない。

だが、弘徽殿の女房たちが一斉に反対を唱える。

「女御様、追い返しましょう！　この者、左側の女房なれば、この機になにを仕掛けていくかわかったものではございません」

とんでもない邪推だ。梓子は右の女御に願い出た。

「そのようなことは考えておりません。見張りの方を付けてくださってもかまいません。もうこの殿舎内には残滓がないということだけでも確認させていただきたいのです」

だが、右の女御より先に、周囲の女房たちが声を上げる。

「なにをおっしゃるか。藤袴小侍従と言えば宮中でも有名な『妖使い』ではないですか。人目に触れぬところで何をしているかわかったものではありません！」

いつの間に、そんな呼び名をつけられていたのだろうか。しかも、ほかの女房たちもこの発言を肯定し、梓子排除を口々に訴える。

梓子がこれにどう反論しようと逡巡していると、右の女御の鋭い声が母屋に響いた。

「お黙りなさい！　藤袴がどう呼ばれているとしても、しょせん実を伴わぬ噂にすぎません。藤袴の御業は主上もお認めになられておる。それとも、おまえたちは主上がその

『妖使い』とやらに騙されておられるとでも？」

　騒いでいた女房たちが一斉に黙り込む。

「すまないな、藤袴。殿舎内を見て回ることが必要だというなら許す。誰か、案内を」

　この殿舎でもっとも柔軟な思考をお持ちなのは、殿舎の主のようだ。

　この性格は、わりとあの帝の好むところに近い気がするのだが、なぜご寵愛が離れたのだろうか。

　そのことに首を捻りつつも、さらなる反論が女房たちから出てくる前に、殿舎内を確認させてもらうため、梓子は御前を離れることにした。


　再び女房の麻の案内で、弘徽殿の隅々を確認する。特に物が壊された母屋の周辺をよくよく視た。

「なんて……」

　梓子は驚きを隠せぬまま呟いた。

　なんて、なにもない殿舎だろうか。どこもかしこも清浄だった。どんなモノも寄せ付けない清らかさは、逆に怖い。壺（中庭）がない弘徽殿の狭い庭とはいえ、木々に木霊のひとつもいない。弘徽殿は、後宮の数ある殿舎のなかでも高位の妃に与えられる殿舎なのだから、代々この殿舎を受け継いできた方々の想いが柱の染みのひとつにでもなっていそうなのに……。

「……ない、ですね」

自分の目がモノを視えなくなったのでは、と疑うほどになにもなかった。

「申し訳ございません。再度塗籠の中を……」

梓子は麻に再度塗籠を見せてもらえるように申し出た。

こうなると、考えたくないが弘徽殿の内側から発生した可能性を疑わざるを得ない。その場合、壊された物にばかり目を向けていた塗籠が怪しい。ただ、本当に弘徽殿内からモノが発生したとなると、すぐに報告するのは難しい。右側への攻撃と受け取られるだろうから。

「中から出たモノがいたかは、扉を開けた状態で出入り口周辺を見させていただくだけでも大丈夫ですので」

案内の麻は、梓子が何を懸念しているかあまり考えてはいない様子で、塗籠の中に入って見ることも問題ないと奥まで確認するよう促した。問題がないことを梓子に確かめさせるほうが優先されると思っているのかもしれない。

「やはり、ここにもない」

塗籠の奥、梓子は自身に確認するように小さく呟いた。

ここには、モノがいない。かといって、場所に縛られない物の怪が出現したとも考えにくい。『すずなり』の件以降、内裏の守りは強化されている。物の怪がモノを壊すほど暴れたとなれば、察した陰陽寮の者たちが飛んできていたはずだ。

それ以上に、ここまで警戒する必要もないほどの、モノさえも近づかせないように清めあげられた殿舎だ。場所に縛られない物の怪ならとっくに逃げ出していることだろう。むしろ、こんなところであれほどの物を壊せたモノとは、どれほど強力なモノだったのだろうか。

右の女御の御前では、清浄すぎるとは言わず、ただ、モノの残滓はなく現状問題なしであることを伝えた。右の女御は本当に問題がないのか、梓子に二度確認した。だが、視えない以上は梓子に言えることは変わらない。弘徽殿の女房たちはもう問題なしと安堵しているようだが、右の女御は、また何かあれば呼ぶと言って梓子を下げた。

見送りは麻でなく、橘だった。彼女もまた右の女御同様に安堵の表情とは程遠い、思いつめた表情をしていた。

「お召しくださったというのに、女御様のご不安を拭うことができず、申し訳ございません」

最終的に梓子が右の女御に報告できたのは、現状『弘徽殿に怪異はいない』ということだけだ。どこから現れたのか、もう現れないのか、そうした不安に明確な答えを返すことができなかった。

「……いいえ、藤袴殿はお役目を正しく果たされたと存じます。ですが、それは、梅壺に仕える藤袴殿が主として今後についてお考えなのです。女御様は、この殿舎のお気になさることではありません。御足労をおかけいたしました」

橘は非常に丁寧な言葉で、梓子のかかわりを拒絶した。

「完全に解決はしておりませんので、なにかありましたら、梅壺まで」

梓子は、橘にそれだけ言って、一旦梅壺へと戻ることにした。

その梅壺へ戻る渡殿で仁王立ちする人物を見て、梓子は血の気が引いた。

「少将様……」

右の女御のお召しということで頭がいっぱいになって、とてつもなく重要な私事が頭から抜けていたことをようやく思い出したのだった。

■ 二 ■

梅壺の自分の局に戻ってきたはずなのに、梓子は弘徽殿に居る時よりも居心地悪く御簾の内側で縮こまっていた。

「さて、小侍従。話を聞かせてもらおうか」

少将の口調は、怪異について話し合うときと変わらない。ただ、声の圧が強い。

「少将様のお怒りはごもっともです」

梓子は御簾の中で平伏した。

「小侍従。私は謝ってほしいわけじゃない。なにがあったのか話を聞きたいんだが？」

声の圧がいちだんと上がる。平伏している場合ではないようだ。梓子は顔を上げると距離を取っていた御簾の端近に膝を進めた。

「実は、右の女御様より、左の女御様を介しまして、怪異解決の御依頼を受けてしまいました」

正直、梓子も何でこんなことになったのか理解できていないが、これはすでに受けた話である。同時に、受ける以外の選択肢が許されていなかった話でもある。理解できずとも納得するよりない。

「弘徽殿で……。それは厄介な依頼を受けたものだね」

少将の声の圧が急激に下がる。

「相手が弘徽殿の女御様では、無理にでも君を邸に連れ帰る計画はなかったことにするよりないな」

そんな計画があったのか。実行されたら、宮中で拉致騒ぎになるところではないか。

少将は少将で、時折極端に振り切った行動力を見せる。

「弘徽殿帰りに急に消えたりしたら一種の怪異ですよ。また新たな呼び名が付きそうなので勘弁してください」

弘徽殿で言われた『妖使い』が『妖そのもの』になってしまいかねない。

「それで、現場を見てきた感じでは、どうにか解決できそうなのかい?」

橘に言ったことだが、梓子は今回の件は解決していないという認識でいる。同時に、解決困難な話であることも十分わかっている。

モノ慣れていない弘徽殿の人々ならともかく、モノ慣れた少将であれば、現状が解決からほど遠いことをわかってもらえるだろう。

「では、見てきたままをお話しいたしますね」

梓子は、弘徽殿に入ったところから話した。

話を聞き終えた少将は、蝙蝠を広げるとその裏でブツブツと呟く。

「……それでいくと、モノじゃない可能性もあるんじゃないか。右の女御様にしてやられたのでは？　小侍従がモノを解決しなければ左の女御も含めて責められる。でも、モノがいないんじゃ小侍従に解決できる話ではないわけで……」

たしかに、人の手でやったことであれば、怪異の残滓がないことの説明はつく。さすが、モノ慣れ以上に政に慣れている少将の発想は違う。梓子は自分にない見方に感心して、御簾の外に耳を傾けた。

「まさか、左側の小侍従から『モノじゃない』という言葉を引き出し、では、人が物を壊したことになる。左側が怪しい……ということにするつもりか」

どうやら右の女御の依頼それ自体を怪しんでいるようだ。

「そうでしょうか。弘徽殿では予想通り歓迎されていませんでしたが、少なくとも右の女御様は、わたしを必要としていらっしゃいました。むしろ、あの方だけが怪異であってほしいと願っていらっしゃったように思えます」

問題ないと報告した梓子に、なぜか右の女御は『本当に問題ないのか』と確認した。

あれでは、怪異の残滓があってほしいと思っているみたいではないか。梓子としては、受けた印象をそのまま口にしたのだが、少将には怪訝な声で返された。

「怪異であってほしい？　なんのために？」

その少将の疑問に、別の声が重なる。

「怪異であってほしい……？」

御簾の向こう、声のしたほうを見た少将が、すぐに平伏する。

「主上！　お渡りにございましたか」

御簾の中、梓子も平伏してからすぐに母屋へ知らせようと御簾の端近から腰を上げた。だが、それを帝が止める。

「待て、藤袴。……弘徽殿の女御から話を聞いている」

長く弘徽殿へのお渡りはないと聞いていた。だが、右の女御様とのやり取りはあるようだ。それにしても意外だ。殿舎で怪異に遭遇しただなんて、帝のお渡りがよりいっそう遠くなるようなこと、右の女御自ら申告するとは。

「藤袴。弘徽殿の件、必ず解決してみせよ」

すでに仕事として受けた話だが、さらに帝の勅が加わった。

すでに残滓さえも消えている怪異を、いかに解決せよとおっしゃるか。

勅命を賜っている以上、御簾の中で平伏したままの梓子ではあったが、その姿勢のままで首を捻った。

お渡りの帝が母屋へと消えると、少将が御簾の外側でボソッと言う。

「これは、いよいよ逃げられなくなったね」

少将の言うとおりではある。怪異対応は、基本的に帝の勅命により発生する仕事だ。

「本音は逃げたいです。でも、すでに受けた仕事ですから、もちろん完遂します。ですが、あの殿舎にはあまり行きたくないだけです。わたしは噂に言われるような妖でも物の怪でもないですけど、あんな異様なほどきれいな場所に居たくはないです」

梓子は掠れるほど声を潜めた。ほかの殿舎を批判するようなことを言っているのを誰かに聞かれたら、どんなことになるかわからないからだ。ここ梅壺は、北側に雷鳴壺、南側には藤壺があり、両殿舎の通り道になっている。現在どちらも皇妃の居所ではないが、女官や后妃の女房が居住しており、梅壺の者ではない女官や女房たちが梅壺を抜けていく。だから、誰が通りすがりに、梓子たちの会話を耳にしてしまうとも限らないのだ。

「物は考えようだよ。少なくとも場に憑いていないことはわかったんだから」

少将が宥める。たしかに弘徽殿という場には『物を壊した怪異』は憑いていない。怪異は場に憑くことが多い。それは、その場所で起きた不可思議な出来事を納得するために人々が想像し、噂することでその場にモノが固定されるからだ。

「その場合、もし本当に物を壊したのが怪異だとしたら、弘徽殿でなくご本人に憑いていることになるのかい？　明言はしなくていいけど」

場の次に多いのは、『あかずや』のように器物に憑くことだ。人に憑くことは、場に憑くこと、器物に憑くことに比べると少ないわけだが、一番厄介だ。場や器物は、自由に動き回るということがない。だが、人に憑けば、その人が動く分だけ憑いたモノも動くことになる。

「女御様にモノが憑いているなんて、口にしたのが知られた時点で宮中を追い出されますよね。ですが、場に憑いていないとなると、どうしても可能性として考えずにはいられま……」

続く言葉を御簾越しに少将が止める。さらに『小侍従、後ろ』とささやいた。言われて振り向くと、母屋と局のある廂(ひさし)とを区切る柱の横から帝が顔を覗(のぞ)かせていた。

「藤袴。……朕の勅で動く者を、誰が宮中から追い出せるというのだ？」

聞こえていたらしい。目が据わっている。怖い。帝への畏怖(いふ)でなく、ごく単純に怖い。

「弘徽殿の件、頼むぞ」

あえて殿舎の名を口にするあたり、弘徽殿に行きたくないあたりから聞かれていたかもしれない。

「承りました。……怪異の発生に右も左も関係ございません。ですから、わたしもまた右も左も関係なく、解決に尽力いたします」

梓子は帝に平伏した。

■　三　■

帝の勅を賜ったことで、梓子は少将と二人で弘徽殿に向かった。

これには、弘徽殿に仕える女房たちから『よくやったわ、あの妖使い』との歓声があがった。まったくありがたくないお褒めの言葉である。

「……少将様。これって、あれですよね。少将様が訪れた殿舎には、主上のお渡りがあるっていう例の噂のせいですよね」

少将には、そういう噂があり、殿舎に仕える女房たちは、こぞって少将を殿舎に呼ぼうとしていた。

「それなら今回のことで噂は噂と理解してもらえるといいのだけれど。まあ、主上の勅命は伴ってきたけどね」

母屋には、梓子だけが訪れた前回の時よりも多くの女房が集まっている。梓子を見に出てくることさえしなかった女房がいるということだ。

前回と同様に、橘が御前に案内してくれた。

「主上より正式に弘徽殿の怪異を解決するよう勅を賜りました」

少将が言うと右の女御は動揺した表情を浮かべた。

「主上が……」

右の女御のその表情とは逆に、弘徽殿の女房たちは沸き立った。帝が弘徽殿で起きた怪異の解決を梓子たちに命じたことは、帝が右の女御のことを気にかけているという話でもある。彼女たちにとって朗報だろう。

左の女御に仕える身として複雑な心境ではあるが、そこに左も右もないと宣言した身である。受けた仕事を完遂するのみ。

「これよりは、解決のために弘徽殿内での調査を行ないます。前回より細かく確認いたしますので、不安があるようでしたら、またどなたかを付けていただけますか」

梓子は右の女御を見つめながらも、周囲の女房たちにそれを言っていた。

「すでにモノの残滓とやらはないと言っていたではないですか！」

女房の一人が立ち上がった。

「怪異を解決するためには、そもそも怪異が発動したことを確認できなければならないのです。場所、器物、あるいは……。とにかく、怪異の発生源を見つけなければ、解決の為に動くことができません」

梓子は、怪異解決のためであることを強く訴えた。さすがに、有効な反論が出てこないのだろう、弘徽殿の女房たちは一様に黙ってしまった。睨み合い状態になったところに、鋭く重い声が割って入った。

「主上の勅を携えた者だ、許す」

右の女御の一言で、睨み合いは終わった。終わったはずだが、睨まれていることには変わらないまま、梓子は少将と二人で弘徽殿内を見て回るため、御前を下がった。

　そう、御前を下がったはずなのに、なぜか、右の女御の先導で弘徽殿内を回ることになっていた。梓子としては、弘徽殿の女房たちには、自分を睨むより先に主（あるじ）に代わって先導するなどの行動に出ていただきたいところだ。

　梓子は誰が先導しているかは横に置き、確認に集中することにした。

「やはり、怪異発動の痕跡（こんせき）は消えていますね。まだ、事象のみの状態なのかもしれませんね」

　小さく唸（うな）った梓子に、少将が問題を正しく指摘する。

「いつもであれば妖の段階に至っているから急ぎ対応を、って話になるけれど、今回は驚きのモノにも至っていない状態というわけだね」

　少将の言うとおりだ。現状は局所的な嵐のようなものが発生したに過ぎない。これを始まりに怪異話が語られるようになってようやく、モノがモノとして発生するのが本来の流れなのだから。

「はい、そういう状態です。不可思議な事象を納得するためになにかしらの怪異と結びつけた噂が流れ、事象が複数回発生して場所と噂の結びつきが固定されることで、初めてモノになりますから。……現状は、不可思議な事象が発生したというだけで、怪異になっていないので、縛りようがないです」

　この会話を聞いていた右の女御が疑問を口にした。

「これだけの被害があっても怪異ではないと？」

納得できないのも無理はない。怪異という理の外にある存在を、理屈で語ろうとしているのだから。

「はい。モノや妖というのは、事象の再現性があってこそ、モノや妖として成り立つんです」

梓子はできるだけ簡単な表現で説明した。

「事象の再現というのは、単純に同じことが何回も起これはよいのか？」

右の女御が自身の解釈の正誤を確認する。

「はい。モノは再現性があるか否かが重要です。事象が繰り返されるから噂になるのですから。また、その再現性の条件もモノを縛る上で重要になります。再現性の条件は、怪異の目的と関連性があるので」

弘徽殿は、ほかの殿舎と一定の距離を置いているので、弘徽殿で物が壊されたという噂が宮中に広まることはないだろう。一回だけの事象で終わってしまう可能性が高い。

「そう。……なんだか、面倒なのね」

右の女御は、本気で面倒そうに言った。

「そうかもしれません。……ですが、モノというのは面倒ごとを起こすものなのです」

梓子は、モノに対する私見を語ったあと、調査の結論を述べた。

「今回の怪異は現時点では再現性がありません。どこにも残滓がないようなら一度きりのことで終わる事象だったと考えられますので、引き続きこちらの殿舎で穏やかにお過ごしいただけます」

周囲の女房たちは、梓子の言うことに期待を寄せる視線を向けてくる。だが、肝心の右の女御だけは、硬い表情のまま小さな声で応じた。

「………そう。では、引き続き残滓とやらが残ってないか、確認してちょうだい。頼りにしていますよ」

それだけ言うと、右の女御は二人から離れ、母屋へと戻っていく。ここから先は先導してくださらないようだ。

「……では、少将様。殿舎内を見回りながら、この殿舎にお勤めの皆様に、何か変わったことがなかったかをお聞かせいただきましょう」

今回の事象は、かなり派手に物を壊している。もしかすると、すでに小規模ながらも同様の事象が発生していて、今回の事象が再現性の一部ということも考えられなくはないので、それを提案した。

「ならば、二手に別れよう。私が殿舎内の確認をするよ。ニオイの有無もそうだけど、人が侵入した形跡がないかを併せて確認するならば私のほうが適任だ。……あと、正直、私が聞き取りの場にいると怪異の話にならない可能性がある。主上の御渡りを促すように頼まれても困るのでね」

少将の言うことはもっともだ。前回は、梓子の目に視えなかっただけかもしれない。

再度確認する今回は、違う方法で確認するという考えは良いと思う。また、少将の懸念のほうももっともだと思ってしまう。弘徽殿に仕える女房たちが少将に向ける視線は、内侍所の女房たちが見せるものとは異なり、どこか仄暗い光を宿しているから。

「わかりました。殿舎内の確認をお願いします」

梓子は弘徽殿に仕える女房たちからの聞き取りを担うことにした。

弘徽殿の女房は数が多く、別の殿舎に局を賜っている女房が多い。だが、右の女御の側に控えている女房たちは、用件があるたびに殿舎を跨いで呼び出されている場合ではないので、弘徽殿内に局を賜っているのだ。

その弘徽殿内の女房用の局のひとつを訪ねた。

「時折、局に置いておいた物が消えるわ。これも怪異の仕業かしら？」

変わったことの有無を問うた梓子に、その局の主が答えてくれた。

モノが消えるのは、今回の件とは事象が違うが、一応詳しく聞いてみることにした。

「例えば、どのようなものが消えましたか。あと、いつごろにそれが起きたのかをお伺いしたいです」

「消えたのは、禄としていただいた絹よ。秋の更衣の頃に綿入れを縫おうと思ってしまっておいたものだったの。でも、気づいたら見当たらなくなっていたから、いつごろ起きたかなんてわからないわ。私ではないけれど、香が消えたって嘆いていた者もいるのよ。どう？」

聞く限りでは、不可思議な事象ではなく、単純な盗難事件ではないだろうか。

「ありがとうございました。ほかの方々からも物が消えた話が出てきたら、改めてお話を聞かせてください」

もしや、今回の怪異は、モノを消す怪異として始まり、怪異話の成立とともに、話の方向性に沿って事象が変化したのだろうか。考える梓子に、目の前の女房が、さらに目の前に迫ってきた。

「えー、早すぎでしょう？　もう少し居なさいよ。この際だから、人の話を聞くばかりでなく、自分のことを話しなさいな。特に、右近少将様との仲は本当なの？　噂なの？」

詰め寄られて、視線を逸らす。

「えーっと、……怪異の話をしたいのですが」

困惑し、身を後ろに引いた梓子の耳に、何かが倒れる大きな音がした。

「いまの……母屋ですか？」

梓子はすぐに立ち上がり、音がしたと思われる母屋へと向かった。

「女御様！　ご無事ですか！」

踏み入った母屋で梓子が見たのは、潰れた御帳台だった。よく見ると、柱の一本が折れて崩れたようだ。右の女御は御帳台にすぐ近い位置にいるが、少なくとも御帳台が崩れるのに巻き込まれていないようだ。

「女御様、ご無事ですか？　……これはいったいなに……が……」

梓子が右の女御に問おうとしたその時、たしかに黒い靄を見た。だが、一瞬のことで、それはすぐに霧散した。

今なにを見たのだろうか。梓子は慎重に潰れた御帳台へと歩み寄ろうとして、背後からの声に止められる。

「女御様に近寄るでない！」

同じように音を聞いて母屋に入ってきたらしい女房が、怒りの表情で梓子を睨んできた。これは誤解されたと思い、反論しようとしたところに、同じく音を聞きつけた少将も母屋に駆け込んできた。

「小侍従！　今の音は……」

御帳台を見た少将は、激しい損壊に続く言葉が出てこないようだ。

「左側の者は、女御様から離れ、母屋を出なさい。よくもこのような大それたことを」

梓子を押し退けて御帳台に駆け寄る女房に、すぐさま制止をかける。

「触ってはいけません！　……一瞬でしたが、部屋中を瘴気が漂っていました。私なんかより先に、早く女御様をお外へ！」

梓子の様子に先ほどまでの勢いを失った女房が震えあがる。

「ひいぃ！　瘴気ですと！」

そう叫ぶとくるりと反転し、母屋を出て行ってしまった。

「……小侍従。我々で母屋の外へ。ただ、私が女御様に触れるわけにはいかないから、頼めるかい」

「はい」

梓子は少将の言わんとしていることを察して、すぐに右の女御を肩に担ぐようにして起こし、母屋の外まで支えて歩いた。

弘徽殿の西廂、細殿の名で呼ばれることもあるところまで出てきた。同じように母屋を出てきた弘徽殿の女房に、右の女御をお任せしようとすると、それまで俯き黙り込んでいた右の女御が、顔を上げた。

「藤袴、貴女に話しておきたいことがあるの。できれば、右近少将殿も」

それが聞こえたらしい近くにいた女房が眉を顰めた。

「女御様、それは……」

だが、右の女御は梓子に支えられた状態のまま、その場にいる自身の殿舎の女房たちを一喝した。

「おまえたちに怪異の対応ができると？　下がりなさい。……怪異に触れたのです。穢れますよ」

右の女御の言葉だからか、穢れるのが怖いのか、女房たちが身を引きこちらと距離をとる。

「……なにか、我々にお話が？」

少将が問うと、右の女御は少しためらってから呟き程度の声で告白した。

「嘘だったの」

動揺する梓子とは異なり、少将は冷静に確かめる。

「……どのあたりが、でしょうか？」

右の女御が俯いて、小さな声で答えた。

「最初の、物を壊したのはモノではありません。わたくしがある女房にやらせたことです。でも、今回は違うのです」

そこまで言うと、右の女御は膝の力が抜けたのか、その場に座り込んでしまった。

「……どうしたらいいの？　嘘が本当になってしまった」

帝以外に見上げる誰かがいないはずの女御の、梓子と少将を見上げる目には涙がたまっていた。

■　四　■

弘徽殿の女房たちには、右の女御を任せられそうにないので、梓子は典侍を頼った。

「女御様。母屋が整うまで内侍所にてお過ごしくださいまし。この件は、すでに主上のお許しをいただいておりますのでご安心を」

この上なく頼もしい人物に右の女御を任せて、梓子は少将と弘徽殿の母屋に戻った。

「かなり怯(おび)えていらしたから、落ち着かれるといいのですが」

潰れた御帳台を前に梓子が呟くと、その場にしゃがんで御帳台の折れた柱を見ていた少将が顔を上げた。

「典侍様がご一緒なんだ。大丈夫だよ。……それで、とりあえず今回の件は、右の女御様に言われるまでもなく本物ということでいいよね？」

言われて梓子もその場にしゃがみ、柱の折れた部分を指さす。

「御帳台の壊れ方が激しいです。前回のように灯台や鏡箱といった小物類ではありません。まるで御帳台を真上から押しつぶしたみたいです。女房の一人や二人ではとうていこんな風には壊れないでしょう」

それも何かが破壊される音は、あの時ただ一度しか聞こえなかった。一回の衝撃で、御帳台の柱を折るなど、非力な女御・女房には無理な話だ。

「今回は、大物だけでしょうか？　ほかに壊れているものはないでしょうか？」

梓子は母屋を見渡した。

「難を免れた、あるいはそれ自体が怪異の中心にあるため壊れてはいないということもありますから」

「わかった。手分けしよう。あと、見つけても不用意に近づくべきではないね」

少将も立ち上がって御帳台の周辺を見る。

「はい。お願いします」

二人で母屋を見て回ったが、今回壊されたのは主に御帳台で、ほかは御帳台が潰れたことで下敷きになり壊れたと見える物だけだった。

ただ、その中にあって一つだけ、二人ともほかの物とは違うという印象を受けるものがあった。それは、御帳台の近くにあったにもかかわらず、壊れておらず、傷の一つもついていない。

「鏡箱ですね。見事な蒔絵細工です。さすがは右大臣家より入内なさった姫君」

円形の浅い蓋つきの箱である。蒔絵で描かれているのは紅葉と鹿。季節が違うから母屋の片隅に置かれていたのだろうか。

「持った感じでは中身もあるようです。中は……女御様に開けてもいいかお尋ねしてからのほうがいいですね」

「そうだね。……鏡箱に大切な文を入れている女性は多い。そういったものを目にしてしまうのは良くない。……それに、許可なく開けて、あとから中に入れていたはずの物が紛失したなんて話が出てきたら大変だ。忘れちゃダメだよ、小侍従。ここは、右側の殿舎だ」

梓子が右も左も関係ないという考えで、怪異に対応するとしても、その逆はないということだ。梓子はやや緊張に頰が強張るのを感じた。

内侍所の右の女御の許へ戻った梓子たちは、御帳台付近で唯一壊れていなかったものとして鏡箱を差し出した。

　無事な物があったというのに、右の女御の反応は予想外に冷ややかだった。

「……それは、右大臣殿からいただいたものです」

　ものすごく嫌な顔をしている。なんでよりによって、これが残ったんだと言いたげな顔だ。

「塗籠の奥にしまい込んでおいたはずだけれど、前回の騒動で鏡が壊れたから、誰かが出してきたのね。……自業自得だわ」

　右の女御は鏡箱の蓋をそっと持ち上げる。

「今になってこれが出てくるなんて、皮肉ね」

　箱の中には、大きな布に包まれた鏡が入っていた。

「この鏡は、さっきも言ったように右大臣殿から贈られたものです。……入内した時にいただいたのではなく、故中宮様が崩御されて少し経った頃に贈られてきたものです。『次はおまえが中宮となる番だ。この鏡は、中宮が持つに相応しい逸品だ。日々、この鏡に己を映し、この鏡に見合う、中宮になるに相応しい女御となれ。そして、皇子を！』とか言って。多方面に失礼なことを言うから、大臣と帝の妃の格の違いを教えるために、あの時からあの人を父親だと思わないことにしたの」

　多方面に失礼な人物を、父親だと思わないことにした。どこかで聞いたような話である。恐れ多いことだが、右の女御に共感してしまう。

「それで、藤袴。この鏡をわざわざ持ってきたのは、なぜ？」

「あ、その……なにかが、おかしいですよね。この鏡」

右大臣から贈られた鏡に文句をつけるのは、なかなか勇気のいることだったが、右の女御は梓子の言葉を不快とは思わないようで、むしろ満足げに笑う。

「やっぱりわかる者にはわかるものね。誰に贈られた物であっても鏡には罪がないから最初は日々使っていたのよ、この鏡を。でも、いつの頃からか眺めていると、落ち着かなくなって放り投げたくなるというか、気味が悪くて割ってしまいたくなるというか。とにかく見たくなくなって……」

いずれにせよ、鏡として使い物にならないようにしてしまいたいという衝動に駆られるようだ。鏡への悪態はまだまだ続いている。

右の女御様ってこういう方だったんだ。梓子は、聞くことに徹した。

「右大臣殿は『いつお渡りがあっても女御らしくあるために』などとおっしゃっていたけれど、正直この鏡があるほうが落ち着かないわ」

悪態の最後に右の女御がそう言い捨てて、鏡を再び箱に戻すと、蓋をせずに梓子たちの前に置いた。鏡を確認したい二人のために蓋をしないで戻してくださるあたりは、冷静で気づかいに溢れておられる。

ありがたく鏡を確認しようとした梓子は、箱の中の鏡を覗き込んですぐに身を引いた。

「……少将様。これは良くないものです」

思わず少将の衣の袖を引いた。

「それはそうでしょう。だからここまで持ってき……。ああ、これは怖いね」

なにごとかと思ったのだろう、右の女御の近くに控えていた女房の橘も梓子たちのほうに寄ってきて、横から鏡を覗いた。

「ひっ……！」

橘が短い悲鳴を上げて、すごい勢いで後ろに下がる。

「なによ、橘まで……。何かよくないものが映りこんでいるの？」

ある意味そうだが、このままを口にしても不敬にしかならない。考えた梓子は、鏡箱を持って女御の横に移動した。

「女御様ご自身がご覧になってもわかりづらいかもしれません。恐れ多いことですが、横に失礼しますね」

女御と並んで梓子が覗き込んだ鏡面には、なぜか女御だけが映っている。

「……え？　これ、どういうことなの？　この鏡には、わたくししか映ってないじゃない……いいえ、違うわね。わたくし、どう考えても微笑んでなんかいないわ。水面ほど映らないとはいえ、これは……。ねえ、この鏡に映っているのは、いったいなに？」

これ以上見るのは良くないかもしれないと考え、すばやく鏡を大判の布で包み、元のとおりに蓋をした。

しばらく、この場の誰もが言葉を発せずにいた。

その静まり返った曹司(ぞうし)に、右の女御が怒りの声を響かせた。

「気づかなかったわ。基本的にこの鏡を見るのはわたくしだけですもの。……ああ、もう。なんてものを贈ってよこすのよ、あの人は！」

父親と思いたくない人が、とんでもない呪物を宮中に持ち込むのは、定番なのだろうか。梓子は右の女御のお怒りに深く深く共感した。

■　五　■

鏡箱を御前から横に押しやり、誰からも遠ざけてから梓子は改めて、結論を口にする。

「あちらの鏡が御帳台を壊した怪異の核と見て、間違いないと思われます」

梓子は、そのことを実感している女御と橘にだけ聞こえる小声で話した。

右大臣が右の女御に贈った鏡を怪異の核だと左側の女房が言っているなどと知られたならば、大規模な政争に発展してしまいかねないからだ。

右の女御は、梓子の結論に反論せず、むしろ納得を示した。

「ええ、そうね。……これが怪異の核で間違いないでしょう」

そう言うと、誰からも少し離した位置に置かれた鏡箱に視線をやる。

「……わたくし、もう内裏に居たくないの。女御でいることが苦痛で」

鏡箱を眺めていた右の女御が、唐突にそんなことを言い出した。

「姫様！」

橘が慌てて止めようとするも、逆に右の女御が橘に制止をかける。

「もういいでしょう、橘。……きっともうどうにも限界だったから、こんなことになってしまったのよ」

橘は右の女御の言葉に、目を伏せて引き下がった。

「ずっと考えていたことではありました。ただ、最近になって、主上の寵愛も左の女御様に定まったでしょう。ああ、これでもう宮中を去っても大丈夫だって、そう思って。でも、あの人は……右大臣殿は、状況を直視できずに帝の寵愛を得るんだとかなんとか、もうしつこく催促してきて」

当世を生きる貴族女子は、親に人生の大半を握られている。結婚はほぼ家格で決まる。中でも入内は、限られた家の娘にしかできないことなので、よりいっそう親の影響が大きい。右の女御にしても、右大臣の大君（長女）に生まれた時点で入内への道を敷かれている。そして、入内すれば、その先に待っているのは皇子を産めと言われ続ける日々だ。娘を入内させた親が望むのは、さらに先、娘が産んだ皇子の即位により、外戚の地位を確実にすることだから。

「右大臣殿が許さないだろうから、女御を辞することはできないかもしれない。でも、内裏を出ることはできると思ったの。……怪異の穢れに触れたなら、宮中には居られなくなるから」

梓子はようやく理解した。宮中を出るために、右の女御は身の回りの物を壊して、梓子を召したのだ。

『くもかくれ』の夕顔と『はつはな』の朝顔、二人は弘徽殿に仕える女房だった。両名とも、怪異に触れて穢れたことを理由に弘徽殿の女房職を辞して、宮中を出ていった。そのどちらの件にも梓子は関わっている。

「ですが、思っていた以上に、藤袴に『これは怪異だ、危険だ』と言わせるのは難しいことでした」

女御にとって、梓子が『これは怪異だ』と言うことだけが救いだったのだ。その一言があれば、右大臣が騒いだところで、女御は堂々と宮中を出ていけるのだから。

「申し訳ございません」

梓子は女御に謝罪した。梓子は弘徽殿の怪異を見破れなかった。現状問題がないと、右の女御に出ていく理由を与えない発言もした。そのことが、本当の怪異を弘徽殿に呼び込んでしまったのだ。

「藤袴はなにも悪くないわ。貴女（あなた）は自分の仕事に誠実だっただけですから」

苦笑する右の女御に、少将が苦しそうな声で問う。

「女御様。このこと、主上は？」

右の女御は手元の扇を開き、自身の表情を隠した。

「もちろん、ご存じないです。これは、わたくしが一人で考えて、ほぼ一人で実行しました。宮中を騒がせた責もわたくし一人にあります。それを理由に宮中を去るというのも、ありかもしれませんね」

これ以上は聞いていられないとばかりに、少将が声を上げた。

「女御様! 主上は、我々に勅を下されました。必ず解決せよとおっしゃられたのです。

主上は、女御様をお助けすることを望まれておられた。……このことをお知りになられたら、御心を痛められます……」

少将の訴えかけに、右の女御は扇を閉じて、穏やかな笑みを浮かべて見せた。

「主上がお知りになられたところで状況は変わりませんよ、右近少将。右大臣殿が御存命のうちは、主上が弘徽殿にお渡りになることはない。ただただ、わたくしが右大臣殿からせっつかれる日々が続くだけです」

それを選べとは少将も言えない。橘が右の女御を止められなかったのも、きっと同じ理由だろう。梓子だって同じだ。怪異を生じさせるほどに苦しんだ人に、また苦しい日々を送ってくれだなんて言えるはずもない。

「大丈夫ですよ、右近少将。わたくしだって、主上がわたくしをお見捨てになっただなんて思っておりません。主上の御優しさも御心もわかっています。……入内してから十五年近くの付き合いです。……わかりますとも。あの右大臣殿に政を渡せないのは、わたくしも同じです。だから、弘徽殿にお渡りになることは今後もないと知っています」

右の女御は、朝顔が言っていたように聡明な方だ。表向き女はわかっていないことになっている政の機微をよくよくわかっておられる。わかっているからこそ選ばれた道なのだ。

「入内したばかりの頃は、お互いに政をよくわかっていませんでした。ただ、一緒に居て楽しいだけだった。でも、主上も故中宮様のことで学ばれたのです。後宮がどれほど政と密接にかかわっているのか、わたくしも思い知った」

右の女御は遠い目をしていた。政の思惑を知らぬままに過ごしていた日々を思い出しているのだろう。

「わたくしは、もうお渡りがないことを理解できる年齢になりました。そのことをいつまでたっても理解できないのは右大臣殿だけです」

右の女御がそう言い切るのを、この強さはやはり主上の好まれるところだろうに、と考えていた梓子は、ある可能性に気づく。

「思うに、鏡の怪異は、贈り手である右大臣様の『中宮となる女御に』という強い念と、中宮不在の後宮で『女御の中の女御として主上をお支えする』という女御様の強い想いとが結びついた結果、その目的が『女御様が女御らしくあるようにすること』になったのでしょう。それゆえに、女御らしくあろうとしない、いまの女御様を宮中から追い出しにかかっているのではないでしょうか」

「そういうことか。だから、怪異騒ぎを起こしたわけか。怪異に触れれば、女御様は宮中を出ることになる。……ある意味、そもそもの女御様の目的通りになったわけだけど、そこは怪異としてはどうなんだろうね」

少将が梓子に同意する一方で、右の女御は片眉を器用に上げた。

「怪異の残滓の次は、怪異の目的？　どういうこと？」

鏡の怪異を縛れるかもしれないという手応えから、梓子は力強く説明した。

「はい。怪異は怪異の噂話からモノとして生じるのですが、その噂話の着地点のようなものが怪異の目的です。モノを縛るためには、この目的を知る必要があるんです。物を縛る時には……」

右の女御が扇を勢いよく開き、梓子に向かって突き出す。

「わかりました。わたくしでは、まったくわからないということがわかりました。なにをどうするかは、藤袴に任せます」

説明を止められてうな垂れる梓子を、少将が慰めてくれた。

それを眺めていた右の女御は、半ば呆れたように言う。

「本当に藤袴は自分の仕事に誠実ね。うらやましいわ。……わたくしは、宮中での自分の仕事に誠実を尽くすことができなかった。その上、放棄しようとしている」

右の女御が開いていた扇で顔を隠す。右の女御は、表情を読まれないように扇で他者の視線を遮断することが癖になっているのかもしれない。癖になるほど、右の女御は周囲からの視線に苦しめられてきたのだ。

「藤袴の言うように、鏡の中のわたくしからしたら、宮中を出ようと必死なわたくしは、

『女御らしくあろうとすること』という鏡の存在意義に反しているのでしょう。追い出したくなるのも致しかたないことですね」

話しながら表情が整ったのか、右の女御が扇を下げる。

梓子は、鏡の怪異を縛ることが正しいことなのかわからなくなってきた。怪異に触れたことで宮中を出られたとして、怪異が消えれば、きっと右大臣は右の女御を宮中に戻そうとする。それでは、元の状態に、右の女御にとって苦しい日々に戻るだけだ。

これは、鏡の怪異は、ただ縛るだけでは解決したと言えないのではないだろうか。なにが今回の怪異の解決なのか。それを考える梓子の目の前で、右の女御が扇を下げたままで、破顔した。

「……でも、物は考えようね。鏡の中のわたくしが追い出したいくらいに、鏡の外のわたくしは宮中を出ることしか考えていないということでもあるわけだから」

憂いの欠片(かけら)もない笑みで右の女御が宣言する。

「そうとなれば、早急に内裏を出るわ。内侍所に避難しなければならないような事態が発生したんですもの、出ていったところで誰かが悪く言われることもないでしょう」

「誰かが悪く……」

怪異を理由に選んだのは、それ以外の理由で内裏を出ていくことが、誰かを責める理由に使われないためだったようだ。右の女御は自身の置かれた環境に苦しめられながらも、宮中に残る者たちのことを考えて最善の機を探っていたのだ。

これほどまでに女御という立場に相応しい視野や思考を持つ方が、女御であることを捨てようとしている。

「藤袴。最後の未練をどうにかしてちょうだい」

右の女御が閉じた扇の先で、鏡箱を、より具体的には箱の中の鏡を指し示す。女御であろうとするための鏡に映った自身の姿、それが最後の未練である、と。

中宮崩御後、後宮の女御の中で最年長となった右の女御は、帝を支えるために女御の中の女御であろうとした。だが、その想いももう左の女御に寵愛が定まった今となっては、己を縛るものでしかないのだろう。

残る未練はただ一つ。そのことが、右の女御の心がすでに後宮にないことを示しているように感じた。

「畏まりました」

梓子は、右の女御ではなく、藤原源子という一人の女性の前に平伏した。

■ 六 ■

縛りの筆に墨を含ませたところで、梓子は右の女御を振り返る。

「女御様。この鏡には『女御であろうとする』貴女様が含まれております。モノとして縛れば、その想いも鏡とともに縛ることになります。ですから、御心に変化が生じることなると思います」

人の心を変えてしまうかもしれない。そのことに梓子は若干の不安を抱えて女御に尋ねたのだが、彼女はこの件に関してすでに心を決めていた。

「かまいません。『女御であろうとする』わたくしは、もうその鏡の中にしかいないのだから」

たとえ鏡の怪異を縛って心に変化が生じようとも、この決意が揺らぐことはないだろう。梓子は縛る側の弱さを呑み込み、筆と草紙を構えた。

鏡の怪異は、鏡の外の女御であろうとしない女御を宮中から追い出したい。だが、鏡の外の女御も宮中を出る意志を固めているので、怪異として発動していても何も起きない状況になっている。いますぐの害がないことで、これまでは考えられないほど余裕ある縛りができる。

そのことが、梓子にこの御業のことを改めて考えさせた。

強力で危険な物の怪になる前のモノや妖の段階にある怪異を、威徳を得た言の葉の鎖で縛り、名と姿形を与えて、草紙に閉じ込める。この御業によって、怪異は終息する。だが、そのことをもって、怪異を解決したといえるのだろうか。怪異が生じるその前に、場を、物を、人を戻しただけなのではないか。それで本当に解決したと言っていいのだろうか。呑み込んだはずの不安が喉のあたりで蠢いている。

筆を構えたまま動かない梓子の様子に何かを察して、少将がその背に言葉をかけた。

「小侍従。大丈夫だよ。少なくとも、今回の鏡の怪異を縛ることは、女御様をお助けすることになる。完遂しよう」

そうだ、これは自分に与えられた仕事だ。梓子は深く息をつき、筆を持つ手に力を入れた。

「いろならば　うつるばかりも　そめてまし」
私の思う心が色であったならば、色が移るほどに染めてしまうのに
「おもふこころを　しるひとのなき」
心は色ではないから、この思う心を知る人はいない

筆先が綴る文字が言の葉の鎖となり、鏡を鏡箱ごと搦め捕って草紙へと縛りつける。

「その名、『うつしみ』と称す！」

名と姿形を与え、その存在を草紙に縛る。この先、怪異として在ることができないように。紀貫之の一首で、結句が「えやはみせける」となっている別の歌もあるが、今回は周囲には言えずに後宮を出たいという想いを心の内にため込んだ右の女御から生じたモノなので、こちらの結句の一首を使った。鏡の中の『女御であろうとする』右の女御が、鏡の外の『女御でありたくない』右の女御の心を映すことで、鏡の外の女御の心の色を移してしまうことを狙った。怪異としての目的を染め変えて、停止させた形だ。

これで右の女御に『女御であること』を強要する存在自体も否定できたならいいのだが、人という理の範疇にあっても理屈が通じない人がいるので難しいだろう。

梓子は徐々に力が抜け、疲弊して頭が回らなくなる中で、そんなことを考えた。

「小侍従。お疲れ様」

どれほどゆっくり縛っても、そのあとに力尽きることは変わらないようだ。いつもどおりに少将の腕に支えられ、梓子は瞑目した。

「すみません。毎回、情けない終わり方で……」

「そんなことはないよ。目を開けて、よく見て。小侍従の今回の仕事の終わりは、目の前だよ」

その言葉に促され、重い瞼を開ける。床板に置かれた厚く立派な畳の上、手にしていた扇で顔を隠すのも忘れて、鏡の消えた空間を見つめて呆ける右の女御がいた。

「消えたわ、橘。あの鏡が、箱ごと消えた……」

そこまで口にすると、右の女御は立ち上がった。力尽きた梓子の手から落ちた草紙に歩み寄り、上からのぞき込む。

「そう、名を与えられるのですね。『うつしみ』とは……、鏡に映っている身ゆえに？　いずれとも、形代のようにわたくしの背負ったものをすべて移した身ということ？　いずれにしても確たる名を与えられるとはうらやましいこと。右の女御だの弘徽殿の女御だの、どちらも近日中には使われなくなるでしょう。その時、わたくしはどんな名で呼ばれるのかしら。……ああ、でもこの上なく心が軽い。わたくしはようやく女御であることから解放されたのですね」

笑みとともに天井を見上げるその姿に、梓子は思う。

「これが今回の仕事の終わりなら、悪くない終わり方ですね」

これが解決の光景ならば、きっと次も筆を握ることができる。

梓子は満足とともに再び瞑目した。


怪異に触れて穢れを得たから、という理由で右の女御が宮中を去ると宣言して数日が経った。宮中はいまだ騒がしい。

なお、後宮では、力尽きた梓子を右近少将が抱き上げて梅壺の局まで運んだことのほうが騒ぎになった。その騒ぎの元凶である少将が、本日は怪異解決のその後の話を携えて、梓子の局にやってきた。

「右大臣様は、当然反発されたよ」

少将は御前で『うつしみ』の件を報告した際に、右大臣の《口撃》に晒されたらしい。御簾の向こうで、力なくうな垂れている。

「でも、主上が黙らせた。右の女御様も右大臣様を『良識に従いましょう』と押し返したそうだよ。たしかに、どの種の穢れであれ、穢れに触れたのであれば、宮中を下がるのは良識だからね」

政の問題でなく、あくまで良識の問題である。それにはさすがの右大臣も反論できなくなったようだ。

「最終的に主上が、右の女御様に宮中を辞することをお許しになった。それがすべてだ」

ある意味、今度こそ『うつしみ』の一件が解決したということだ。

「それにしては、難しいお顔ですね」

右側の話をするので御簾の端近まで寄っていた梓子は、御簾越しの少将の表情に問いかけた。

「……少し、気になることがあってね」

少将はボソッとした声で、気になるそれを話し出した。

■終■

それは、御前でのことだった。

「決めたものは決めた。朕の決定に不服があるのか、右大臣？」

主上が一段高い場所から、右大臣に決定を口にし、さらに御前に集まった臣下を見渡すと、辺りの空気をビリビリと震わせる圧の強い声で続けた。

「皆もよく聞け。弘徽殿の女御は、宮中を出る。穢れが完全に取り除けたと本人が判断する時まで戻らせぬ。あくまで、本人の奏上によるものだ。誰の企てでも、誰が唆したことでもない。徹底せよ」

宮中を一人で歩き回っているときには感じさせない、帝であることの存在感をこれでもかというほどまき散らしていた。

「これでこの件は終わりとする」

反論どころか、この話題を続けることさえ許さずに言い放ち、集まった臣下を解散させた。

公卿たちが御前を下がっていく。少将はその最後尾についた。徐々にそれぞれが異なる方向に廊下を分かれていく中、少将は右大臣の背を探す。

「いた。……右大じ……ん？」

ほぼ先頭を進んでいた右大臣は、宮中に与えられた直廬に戻っていくとも思えない方向に進んでいく。それを少し離れて少将は追った。

少将は懐の文を確認する。右大臣宛てに書かれた文の差出人は、右大臣の長男である。彼は、いまでは僧侶として京から少し離れた寺で修行の日々を送っている。

かつて、出家するためにともに京を離れ、少将だけが京に戻ったわけだが、今も文を交わす仲が続いている。

その友人が、妹女御の解放を父に訴える内容の文だった。すぐにも渡したかったのだが、誰かに見られるのは、またよくない噂に繋がることだろう。それを避けるために、御前では声を掛けられなかった。

帝の決定が下ったが、到底納得しているとは思えない右大臣の様子に、御前を下がったこの機に渡すべきだろうと右大臣を追ってきた少将だったが、どこに向かっているかもわからないその背に声を掛けられぬまま、浄化のために一時無人になっている弘徽殿まで来てしまった。

細殿とも呼ばれる弘徽殿の西廂から、右大臣は一人で中へと入っていく。少将は、右大臣が入ったのとは違うところから中に入り、右大臣を捜した。『うつしみ』の件で、弘徽殿の中を歩き回ったので、うまく距離を取りながらも右大臣の様子が見られる位置をとれた。

弘徽殿の東北の角に立ち、右大臣が誰かと話していた。

「そうだ、急ぎあの者を召せ。これからのことで相談せねば」

文を届けるように命じているのだろうか。なぜ、こんな場所に文使いを召したのか。それも気になるが、少将の疑問はもう一点にあった。

「……あの者？」

右大臣がこれからのことを相談する相手とはだれだろうか。いい予感はしない。少将は、手の中の友人の文をぐっと握った。

参話　みちなき

■ 序 ■

それは『うつしみ』の解決から五日ほど経った日のことだった。梓子は左の女御の御前に呼ばれた。

「わたしも、牛車に……ですか？」

「ええ。同乗してちょうだい」

記録のためだろうか。与えられた仕事は、きっちり最後まで、が梓子の信条である。だから、仕事のためにためらいなく牛車に乗ろうとして上げた足が止まる。

「……本当に、わたしなどが同乗してよろしいのでしょうか？」

左の女御と二人で乗る、というわけではなかった。左大臣がすでに乗っていたのだ。これは、さすがにためらう。

「そのまま、女御様と二人で乗るつもりで入ってきなさい」

左大臣が小さな、だが、圧のある逆らえぬ声で言った。左大臣の命に従い、梓子は恐る恐る牛車の御車に乗り込んだ。

「すまんのう。どうにも内密な話があって、しかし、そなたと私が話していたと周囲に知られるわけにはいかないのでな」

　声の圧は消えたが、左大臣は変わらず小声で話し始めた。周囲に知られるわけにいかないというだけで、厄介な内容なのが察せられて、胃にきゅうっとくる。

「実は、右大臣から、そなたを名指しにして苦情が来ている」

　やはり厄介な内容だった。できれば話を聞きたくない人物の一番に浮かぶ右大臣、その上に苦情。もう、最凶の組み合わせではないか。梓子は続く話を聞く前に、左大臣に平伏した。

「その気持ちもわからんでもないが、頭を上げなさい。とにかく話を聞いてほしい」

　ここで話を聞けとは言わないところが、左大臣らしさだと思う。顔を上げた梓子に、左大臣は牛車の中であってもできるかぎり小さな声で話し出した。

「少し前に南庭で怪異があったな？」

　つられて梓子も声を小さくして応じた。

「はい、歌の怪異『はつはな』ですね」

　左大臣は頷き、ため息交じりに続けた。

「右大臣の言うことには、怪異はまだ収まっていないようだ」

　そんなバカなとは言い切れなかった。

「……さすがに南庭の隅から隅まで掘り起こしてはおりませんので、たしかに縛り漏れがあってもおかしくないと言えなくもないわけで……」

可能性はなくもない。梓子は潔くそのことを認めた。だが、あの怪異の本質には、歌を贈った相手から返歌がないことへの恨みがある。

右大臣は左大臣より十歳以上年上のはずだが、返歌がないことを恨んだり恨まれたりする文をやりとりすることがまだあるのだろうか。さらには、その文を右大臣を慕う誰かに奪われて、埋められるなんてことが……。

「私にも報告は来ていて、目は通しているから藤袴の言いたいことはわかるぞ。どこのもの好きがあの方相手にそんな思いを抱いて文を奪ったんだ、とな」

「そ、そこまでは思っておりません」

さすがに否定すると、左大臣は先ほどまでとは異なり、大笑いを御車内に響かせた。これでは、女御様と二人で乗っているわけではないとわかってしまうのではないだろうか。

「藤袴は思っていることが顔に出やすいな。……安心しなさい。人のいない道を通るように言ってある」

さすが政の上のほうで動かれる方というのは、常に周囲のことを考えて動かれるものだ。感心している梓子を見る左大臣の目が、急に鋭く細くなる。

「それで、藤袴。この件はどう返すべきだ？　そも、同じモノを再び縛るということは可能なのか？」

問われて梓子は考える。左大臣の目は『不可能』という答えを求めていない。『可能』

と答えるために、どうすればそれが成り立つか、そこを考えるよりない。

「……封じる際の歌と、与える名前、姿形を変えれば可能かと思われます」

梓子の回答に、左大臣が少し考えると手にしていた蝙蝠（かわほり）を閉じて、微笑む。

「そうか、新たな名で縛るか。良い考えだ。それならば、『今回は別モノで、前回のモノはきっちり片付いていた』と言える。……その上で、すぐに対応させると返しておこう。藤袴、次こそは頼むぞ」

左大臣が御車の壁を手にしていた蝙蝠で軽く叩（たた）くと牛車が止まった。すぐ隣に停めてある別の牛車に乗り換えると言って腰を上げる。どうやら、ご自身が乗って戻るための御車を並走させていたようだ。

牛車を降りようとする左大臣の後ろ姿に、梓子は再度平伏した。

「今度こそ、南庭に平穏を取り戻してまいります」

左大臣は満足そうに「わかった」とだけ返した。

■　一　■

夏の夜の月明かりの下、梓子は少将とともに紫宸殿に上がっていた。公事もない日の、しかも夜。見える範囲には誰の姿もない。

「また出たってどういうことなんだろうね？」

少将が梓子に問う。

「同じ条件で怪異が発生すると考えると、右大臣様をお慕いになっているどなたかが、その御文を奪い、南庭に埋めたという前提があるわけだけど……」

少将は、『輝く少将』と呼ばれる麗しき容貌を、少しばかり曇らせて言葉を止めた。

その言わなかったことを拾う声が割って入ってくる。

「右大臣様か……。好みは人それぞれというのをわかってはおりますけれど、ありえますかね？」

どこから話を聞いていたのか、南庭のほうから現れた兼明が疑問を呈した。

「兼明殿、そういうことはもう少し小さな声でお願いします。失礼ですよ」

梓子が周囲を確認しながら、兼明を咎めるが、本人は鼻を鳴らす反省のなさだった。

「藤袴殿こそ、否定しないあたり失礼でしょう」

左大臣が言うように、梓子は相当わかりやすいのだろう。

「まあまあ、兼明殿。怪異に対する疑念を共有していることは悪いことじゃないよ」

少将が笑って話を終わらせようとするも、兼明の追及は続いた。

「その怪異ですけど、前回の怪異が残っているから右近少将様がいらっしゃるのは理解できますが、なぜ自分まで呼ばれたのでしょうか？」

兼明の問いは少将に向けられていたが、視線は梓子のほうを見ている。

「掘り出すのに男手が必要でね」

少将がしみじみと理由を明かすも、兼明は半目でこちらを見つつ、反論した。

「いやいや。本当にモノがモノなら、掘り出す前に倒れますけど？」

そのとおりなので、宥(なだ)める言葉の返しようがなく、梓子は本当のところを話した。

「すみません。怪異に遭った右大臣様にご協力をいただくのは難しく……。そうなると埋まっている本体を探し出すしかないんですよね。でも、怪異が発動しない状態で本体が埋まっているとわたしには視(み)えません。それでどうするかという話をしていたときに、兼明殿が近づきたくないあたりを掘り起こすのが手っ取り早いと……主上が……」

　誰が言ったのかのあたりで、梓子は、ごにょごにょと声を小さくした。

「兼明殿は、すっかり主上のお気に入りだね」

　少将がからかえば、兼明はため息交じりに応じた。

「この方面で気に入られても喜べませんよ。……まあ、臣下としてなにがしかのお役に立てるというのであれば、尽くしますけど。分不相応な位階をいただいておりますし」

　兼明は話しながら南庭を見渡す位置に移動する。生真面目な彼は、さっそく与えられた役割を果たそうとしてくれているらしい。

「役職との乖離(かいり)が激しいよね。頭弁が後世に混乱を招く例となるから記録に残したくないって言っていたよ」

　少将もまた南庭の隅々に視線を巡らしながら、兼明の愚痴に付き合う。

「そりゃそうでしょう。御前に指名で召される近衛舎人(このえのとねり)ですよ。しかも、お召しの理由は碁の相手ですからね。もう本来の職掌である随身の枠を超えていますから。おかげで周りの連中から完全に浮いていますよ」

梓子も二人に従い、南庭へ降りた。『はつはな』と同系統の怪異なら、歌を贈った相手に歌を詠みかけてくるだけなので、不気味ではあるが危険性が低い。そのせいか、なんとなく雑談しながらの緩い雰囲気でのモノ探しになっていた。

「まあ、それでもうちは兄上たちがすでに殿上をいただいていたので、家としてはそこまで大きな問題にはなりませんでしたが、あやうく兄弟の序列を壊すところでした」

多田の統領家の三男である兼明には、すでに殿上人となった兄が二人いる。

「氏族内での序列を重要視する話は、左大臣様が氏の長者におなりになった時に持ち出された話だから、兼明殿が気にすることはないよ」

少将が苦笑いする。そして、気づいたように梓子のほうを見た。

「……序列で言えば、右大臣様の祖父は太郎君(長男)でいらしたが、左大臣様の祖父にあたる二郎君(次男)が氏の長者を継いでいる。もしかすると、右大臣様は本来であればご自身が氏の長者であったという思いがあるのかもしれないね」

だから、右の女御が女御であることに執着したのだろうか。俯いた梓子は、月の明るい夜だというのに足元が暗い、いや、黒いことに気づく。

「これは……低いところに黒い靄が……」

少将のほうを見れば、彼もまた異変に気づいていた。

「このニオイ……。小侍従、一旦引こう」

緩い口調が一転、緊迫したものになる。少将は、本当にモノ慣れした。こうした場面での判断の早さが、それを示している。

「はいっ！　……あ、兼明殿！」

梓子が振り向いた視線の先、兼明はすでに昏倒していた。

少将は、すぐに兼明に駆け寄ると、彼を肩に担いだ。

「小侍従、早く南庭から離れるよ」

言いながら紫宸殿へ上がる階へと退く。その少将に従い、梓子も紫宸殿へ上がった。

振り向き、黒い靄が追ってこないことを確かめた梓子だったが、安堵には程遠い。

「……歌は聞こえませんでした。でも、怪異は発動していましたね」

「ああ、それも右大臣様の居ない状態で発動した。……これは、養父上のおっしゃったように、別モノだね」

少将は担いでいた兼明を下ろすと、南庭を振り返りため息交じりに言った。

御前に昨夜の件を報告した少将に、下ろした御簾の向こうで、帝が喉を鳴らした。

「なるほど。『別モノ』か。理解した」

どうも『別モノ』という表現が気に入ったらしい。

「さて、右大臣。少将の報告は聞いていたな？　藤袴の処分は取り下げでよいな」

これに右大臣は渋い顔をした。

「ですが、主上。モノはモノではございませんか」

なんて乱暴な主張だろうか。少将は右大臣を視界の端に睨み据えた。

御簾の向こうからそれが見えていたのか、帝が右大臣を窘めた。

「そう申すな。藤袴の御業はなにもかもをひとまとめにしてどうにかできるというものではない」

帝がこう言うのだ、さすがに右大臣も続く反論の言葉を呑み込んだ。

これを受けて、左大臣が少将に言葉をかける。

「いずれにしても対処が必要であることは明白である。右近少将、藤袴とともに頼めるだろうか」

「畏まりました」

これまで通り二人が対応する。そう命令を下すことで、この話を終わらせる意図だ。

少将がこの場の人々に対して平伏する。御前に居並ぶのは、参議以上。近衛府の少将とは身分に大きな隔たりがある。

もしここで、右大臣が不当な主張を繰り返し、それを帝も左大臣も止めることがなく小侍従の処分が決定しても、右近少将でしかない自分には、それを覆すことができない。

そのことが重く少将の心に圧し掛かり、平伏したまま動けない。

それを御簾の向こうから眺めていただろう帝が、再び右大臣に声を掛ける。

「右大臣。右近少将と藤袴の二人で対応する。それでよいな」

左大臣の命によるものというだけでなく、明確に帝の指名での仕事となった。ここまでくれば、右大臣のほうが覆せないはずだ。

「……はい」

右大臣の悔しそうな返事を聞いて、少将はようやく頭を上げた。

■　二　■

梓子は、仕事が決まれば完遂まで徹底的に、が信条である。御前を下がった少将から正式に別件の対応依頼になったと聞いて、梓子はすぐに携行用の硯箱を手に局を出た。

「では、もう一度南庭を調べることから始めましょう。南庭のどこかに今回の怪異の核となる何かがあるはずですから」

別モノの出現は厄介だが、『はつはな』で縛り漏れがあったわけではなかった。それはそれで梓子としては安堵した。悪い話ではないが、御前への報告から戻った少将は、どこか暗い。御前では、もっとなにかあったのだろうか。

梓子は常の移動姿勢から立ち上がり、少将に顔を寄せて問いかけた。

「なにかありましたか？　もしや、右大臣様は、別モノではないとまだおっしゃっていたとかですか？」

「いや、そこは主上と左大臣様の両方から言われたんだ、表立っては大丈夫だよ。ただ、これまでのモノを考えるに、君に視えて私がニオイを感じるとなると器があるモノじゃないかな、とか考えていたんだ。小侍従は、どう思う？」

これに梓子は素直に感心した。

「さすが少将様です。モノ慣れの先へ進まれましたね！」

「……私の歌を受け取った時より嬉しそうな顔をしているね。複雑な心境だよ」

梓子の賛美に少将は肩を落とす。だが、すぐに切り替えて、行く道の先に見えてきた南庭に目をやった。清涼殿から紫宸殿へ向かう渡殿の途中で、橘の葉が見えてきたというところである。

「兼明殿が倒れていたのは、どのあたりだったかな。怪異の核が埋まっている場所と近いかはわからないが、おおまかに南庭のどのあたりかはわかるだろう。……あのニオイには害意を感じた。絞り込んでから向かうほうがいいね。前回のようにいつの間にか怪異が発動していてその範囲に居たなんて状態では身が持たない」

その考えにさらに感心したが、そこは口に出さずに、同意を示す。

「少将様のおっしゃるとおりです。まだ、怪異の目的もわからない状態ですから、近寄られるだけで危険かもしれません。……これは、兼明殿がどこに進もうとしていたかにもよると思うので、話を聞きに行きましょう」

梓子の提案に、少将が少し俯き考える顔をする。

「そうだね。それに『はつはな』のときのように、見回りの誰かが怪異に遭遇しているかもしれない。遭遇していないならいないで、怪異の対象が絞れるだろうから」

これはもう『モノ慣れの先の先』ではないだろうか。口元がむずむずする。視線に気がついたのか、梓子のほうを見た少将が呆れ顔をする。

「……声に出さなくても、君の場合はしっかり顔に出ているからね。小侍従の言いたいことはわかっているよ」

言われて梓子は扇を広げ、顔を隠した。だが、少将が指先で扇を少し下げてきた。目と目が合うと、今度は真摯な表情で梓子に告げる。

「私はこれまでもいいかげんに勤めてきたつもりはないけど、さっき御前で改めて覚悟を決めたんだ。小侍従を支えることが私のお役目だ、とね。だから、君を支えるために、政で上に行くことはないと悟って回すのを止めていた頭を回すことにしたんだ」

これまでも少将は梓子がモノを縛ったあとに倒れると、『自分は支えることが役目だ』と言ってくれていた。だが、いまこの時に言われると、いままでとは違って聞こえる。モノを縛ったことで疲弊した梓子を支えるのではなく、怪異と向き合うこと全体を支えようとしてくれているのだ。

「少将様……」

梓子は、喜びと感謝、これまで彼の支えを誤解していたかもしれないことへの謝罪が入り混じって、すぐには言葉を返せずにいた。

そのやわらかな沈黙に、突如呆れ声が割って入った。

「……お二人、うちの部署の前でなに見つめ合っているんです？」

間違いようもなく兼明だった。

「左右の違いはあれども、少将は上位ですし、宮付き女房だってうちの部署の連中からしたら上の存在ですよ。その二人で部署前の道を塞いでいても、こっちは文句言えないんですから、自重してくださいませんか。……まだ公にしてないから大声じゃ言いませんが、お二人すでにひとつの邸にお住まいですよね。そういうことは、邸で二人の時にでもしてくれませんかね」

兼明は一応後半を小声で言った。これに少将が反論した。

「ちっとも邸で二人きりになれないから、こうなっているんだよ」

日を合わせたはずの休みは、『うつしみ』の件でつぶれた。梓子と少将は婚姻未成立のただの同居人状態が継続中なのである。

「……え？　あー、なんか理解しました。俺が悪かったです。では、切り替えてご用向きをお聞かせ願いますか」

兼明が察した顔で気の毒そうに頷くと、にこやかに用件を尋ねてきた。人の往来があるせいか、兼明はいつもよりも丁寧な口調ではあるが、内容はいつもどおりに聞こえる。応じる少将も官位の差を気にしない言葉遣いで返す。

「そうだね、切り替えよう。私たちは昨晩の南庭の件で話を聞きに来たんだ。怪異本体の場所を絞り込めるんじゃないかと思ってね」

場所を通り道の脇に移動しながら少将は来意を告げる。

「あの時ですか……。進む方向を意識していたわけじゃなかったので、具体的などこかに向かっていたわけでもないんですよね。ただ、お二人と手分けして探そうとしていたので、お二人が進もうとしていた方向とは別方向だったとは思います」

梓子と少将で顔を見合わせる。あの時の自分たちがどこへ向かおうとしていたかは、一致しているからだ。

「そうか。……私も小侍従も、『はつはな』の件があるから橘の近くを確認しようとしていた。それとは逆方向なら桜のあるほうということになるかな。兼明殿に感謝だな。私たちは『はつはな』にとらわれ過ぎていた」

少将の謝意に、兼明が焦った顔をする。

「いや、でも……清涼殿側から南庭に入ったから、橘が手前で桜が奥。範囲が広いですよね。あまりお役に立てずにすみません」

「そんなことない、十分にお役立ちだよ。少なくとも『はつはな』が出現した橘のあたりではなかった、というのがわかっただけでも助かる。同じ場所を二度も三度も掘り起こしたくはないしね」

和やかな雰囲気で対話が終わりかけたところで、兼明がどうにも我慢ならないという表情になり、小声で少将に問いかける。

「………ところで、お二人にお尋ねしたいのですが、後ろのアレは、いったいなんですか？」

兼明の視線は、梓子と少将の後方に向けられている。

「あちらは、右大臣様の御命令により、わたしがまともに仕事をしているか見張る者たち、とのことです」

梓子は肩を落とし、兼明の問いに答えた。

「仕事？　モノ関連？」

兼明が首を傾ける。梓子はため息とともに回答した。

「わたしの仕事です」

兼明はしばらく考え込んでから、声を潜めて梓子に確認してきた。

「……それ、堂々と左側の監視をしているって話にならないか？　左の女御様はもちろん、左大臣様だって黙ってないだろう？」

これに小声で応じたのは少将だった。

「そのとおりだよ。ただ、追い返せば、右大臣様から見せられないようなことをしているのだろうと邪推されるから放置せざるを得なくてね。こちら側としては不快でならない。いたしかたなく小侍従も梅壺の局に戻らずに、宮中を巡っている状況だ」

これまでのように状況整理のために局に戻ることはせず、宮中を巡りながら話しているのである。

「戻って梅壺の女房としての仕事もしたいのですが、梅壺まで入ってきたらどうしようかと思うと躊躇われて……。もう仕事に支障が出まくりですよ！」

小さな声ながら梓子は憤りを口にした。

「仕事完遂が小侍従の信条だものね。でも、ここは我慢だよ」

少将が宥めながら、兼明にあちらの狙いについて、考えられることを説明する。

「右の女御様が宮中を出たことで、右大臣様側は後宮の状況を報告してくる者を失った。なにかしら理由をつけて、後宮の状況を把握しておきたいんだろうと思う」

「それでよくさっきみたいに見つめ合っていられましたね。……いや、この場合は見せつけたほうが、あっちが油断していいのかな」

兼明が首を傾げて唸っていると、少将は後ろの者たちの視線を遮るように兼明の正面に立った。

「調べ物をする範囲を無言のうちに狭められているようなものだ。……申し訳ないが、兼明殿も新たな南庭の怪異話集めに協力してくれるかな？　柏殿にも動いてもらっているけれども、南庭は内裏の一部であっても、後宮の一部ではないから」

少将は近くにいる梓子にもかすかに聞こえる程度の声で、兼明に依頼した。

これに兼明が梓子のほうをチラッと見る。彼は自身が動く理由を、上位の少将の命令によるものでなく、乳母子で主格の梓子の意向に求める。梓子は頷いて見せた。

「お任せを。自分ならば庭の手入れをしている連中とも話せますから。……位階は言えだ。

「ありがとうございます、兼明殿」

後ろからつき刺さる視線にずっと緊張させられていた梓子も、この時ばかりは微笑ん
ませんけど」

兼明が笑って承知してくれた。

兼明の協力を得られた梓子と少将は、南庭の周辺を回ってから梅壺へと戻った。
局を離れて座らずの行動にも限界がある。女房装束というのは、宮中をひたすら歩き
まわるのに向いていないのだ。
「……さすがに梅壺には入ってこなかったね。よかったよ」
少将が、梓子の局の前の定位置で腰を下ろすと、ため息交じりに言って、柱にもたれ
る直前、チラッと肩越しに藤壺から梅壺に続く渡殿を見た。梓子にいたっては局に入っ
て御簾を下げる時に藤壺方向を確認した。
「梅壺にまでついてくるようならば、さすがのわたしも抗議の声を上げますよ。それも
女御様と主上がご一緒のところを狙って泣きつきます!」
梓子が考えた渾身の対抗策を聞いて、少将が大げさに身震いしてみせる。
「意外とえげつない手を考えるね。効果的ではあるけど」
梓子は御簾越しに、少将の後方を睨み据えて言った。

「わたしはわりと本気ですよ。まともに仕事をさせてもらえないのは苦痛です。もう右大臣様は何をお考えなんでしょうか？」

梓子の嘆きに、少将が閉じた蝙蝠でトントンと足元の床板を叩いて呟いた。

「右大臣様のお考えか……。想像できなくはないかな」

さすがは親王家に生まれ、時の左大臣を祖父に持ち、当代の左大臣の猶子として長く宮中を見てきただけのことはある。公卿の政に関する考え方というのがわかるのだ。

「まず今回の件は最初から君が狙いだってことはわかる」

政の話ではなかったようだ。梓子は首を捻った。

「わたしの何を狙うんです？」

「これは、主上に君の処分を求めた件からの想像だから、あの方がどこまで良識的なお考えをお持ちかはわからないで言うよ」

そんな前置きしてから、少将は梓子に順を追って説明してくれた。

「おそらく右大臣様は、『藤袴という女房は怪異の対処ができる』ということを否定したいんだ」

まだよくわからない。梓子は黙って少将の話の続きに耳を傾けた。

「君が怪異を対処できる女房でないならば、右の女御様が宮中を出る切っ掛けとなった一件も怪異ではなかったということになる。……右の女御様に宮中へお戻りいただくことが可能になるわけだ」

「そんなことを……」

右の女御は、宮中に居たくなかったから出たのだ。なによりも、右大臣から解放されるために。

「右の女御様が戻らずとも済むように、必ずやモノを縛ってみせます」

梓子は、蝙蝠を握る手にぐっと力を入れた。

「その気持ちは大事だ。でも、無理をしてはいけないよ。相手はモノ慣れしていなくても謀略慣れはしている。解決してもしなくても難癖をつけてくる。そこは『うつしみ』の時と同じだ。もしかすると、あの時考えていた以上の難癖をつけてくるかもしれないけれど」

監視を張り付けてボロが出るのを待っているだけではおさまらないかもしれない、ということか。

「……謀略慣れしていてこの結果なら、きっと大丈夫ですよ」

改めて蝙蝠を握る梓子に少将が苦笑いを浮かべた。

「意外と言う……ではなく、君は本当に右大臣様に対して怒っているんだね」

そうかもしれない。梓子は自覚していなかった怒りに戸惑い、慌てて蝙蝠を開いて顔を隠した。

「大丈夫だよ。御簾があるから少し離れた場所からでは表情まで見えない。梅壺の中までは入ってこないとわかったことだし、小侍従は、梅壺の女房としての仕事に集中していていいよ」

御簾越しに、少将が梓子に微笑んだ。だが、すぐに蝙蝠を広げると、いつもより低い声で蝙蝠の裏からささやく。

「……外の煩わしい連中は、私が引き受ける。こちらも生まれた時から謀略の渦中に居た身だ。仕掛けられた策を利用して返すぐらい、簡単なことだからね」

横目で背後を見ている。蝙蝠の上から覗く目元に浮かぶ冷笑に、少将の本気が見える。

「ちょうどいい。今後のためにも、君を狙えば、どういうことになるか、広く周囲に知らしめておこうか」

少将こそ意外と好戦的で、怖いことを言う。いつもであれば、気だるげに放置しておくところだと思うのだが。

「なんだか、調子がよさそうですね」

梓子が指摘すると、本人も自覚があるようで大きく頷いた。

「そうだね。このところ、我が身に憑いているほうの煩わしいモノがなぜか静かでね。おかげで多少眠れることもある。……もしかすると、『うつしみ』の件で弘徽殿を歩き回ったせいかもしれないね。あの異様なほどの清浄さ。何が原因かはわからないけれど、あれの影響を受けたのかもしれない」

言われてよくよく見れば、たしかに少将にまとわりついている黒い靄が薄い。ずっと弘徽殿に居るわけでもないのに、この効果はすごいことではないだろうか。

「清浄さの原因がわかったら、少将様の目標である『憑いているモノを完全に祓う』が実現するかもしれないですね」

「原因か……。弘徽殿に調べに行きたいところではあるけど、いまあの殿舎に入るのは、右大臣様に色々疑われそうだから、やめておいたほうがいいかな。今回の件が片付いたら、主上にご許可をいただいた上で調べに行く……というのが妥当な流れだろうね」

たしかに、今の状況で少将が弘徽殿に入れば、右大臣は間違いなく、左側になにか企みがあると難癖をつけてきそうだ。

「では、その時はご一緒させてください。……でも、そのためにも、まずは今回の件を解決しないといけませんね」

御簾の向こう側の少将が、蝙蝠を閉じて、同意の笑みで微笑んでくれた。黒い靄が薄くなっているせいだろうか、『輝く少将』の呼び名そのままの眩しい笑みだった。

■ 三 ■

梓子と少将に、右大臣側の見張りがついて五日ほど経った日のことだった。帝のお召しで、梓子は少将とともに清涼殿に来ていた。

「瘴気は確認しました。南庭になにかが居ることは間違いありません。問題は、肝心の怪異が起きないことにあります」

梓子は進まぬ現状の要因をそう報告した。

「起きないから怪異はないとでも申したいのか？　起きないのであれば、起こせばよいではないか。無能者が」

帝の御前にもかかわらず、右大臣が前置きなしに発言する。それに呆れる間もなく、右大臣は梓子たちの存在を無視して、身体ごと帝のほうに向いた。

「主上。あの者は、この数日で何一つ進展していない様子。やはり、怪異の対処ができるというのは偽りであったと思われます。処分のご判断を！」

動きにくい状況を梓子に強いているのは、右大臣側なのだが。場所が場所で、相手が相手だ。梅壺に仕える女房として梓子は憤りを隠して、その場は平伏してやり過ごすことにした。だが、少将はこのままやり過ごす気などないようで、話に割って入った。

「右大臣様。よろしいのですか？　そんなに堂々と『梅壺の女房を監視していた』だなんておっしゃって」

「監視などしておらん。近衛の少将程度の身でなにを言うやら。……主上、これは小娘一人で宮中全体を騙せるとは思えません。おそらく、主である梅壺の女御様、さらには左大臣殿も……」

右大臣は早々に少将を無視して、帝への訴えを続ける。だが、それは帝本人によって、強制的に終わらせられた。

「右大臣。……なにか、勘違いしておらぬか？」

帝が声を一段低くした。

「勘違いというのは……」

「藤袴に怪異の対処を命じているのは、左大臣でも梅壺の女御でもない」

帝は気だるげに脇息に身体を傾けると、さらに低い声で続けた。

「たしかに藤袴は梅壺に仕える女房だ。だが、怪異の対処は、藤袴と右近少将の二人で行なっている。そのことの意味がわかるか？」

帝を味方につけて左側を責めるつもりが、帝に責められる状況になっている。右大臣は固まったまま答えられなかった。

「いかに女御といえども、右近少将への命令権はない。右近少将は、朕の臣下である」

苛立ちを示すような早口のあと、帝は脇息を離れると、右大臣のほうにわずかながら身を乗り出した。

「つまり、二人に怪異の対処を命じているのは、朕だということだ」

強くゆっくりと言い、脇息に身を戻す。

「……それで、右大臣。そなたは、朕が小娘の小手先の業に騙されていると、そう申しているのだろうか？」

手元の扇をいじりながら問う姿には、わかり切った回答にも右大臣にも興味がないように見える。

「いえ……そのようなことは……」

当然といえば当然だが、右大臣が引き下がった。

「藤袴の御業は本物だ。そなたが出しゃばる場ではない。別モノに遭遇したのは、そなただけだ。怪異の発生条件とやらに合致しているのは、現状そなただけということだ。……解決が遅いと言うのなら、そなたが藤袴の怪異解決に助力せよ」

怪異が発生しない問題を、唯一新たな南庭の怪異に遭遇した右大臣にどうにかさせるために、帝はこの場に右大臣を召したようだ。

「……仰せの通りに」

これで話は終わったと思ったが、御前を下がり、渡殿に出たところで、右大臣が梓子を振り返り、鼻先で笑って言い放つ。

「さて、現れたところで解決できるとよいが。時間の無駄ではないか」

梓子は少将が言っていたことを思い出す。右大臣は梓子に怪異解決はできないという前提で動いている。だから、梓子が怪異解決の為に動くすべてが無駄なことにしか思えないのだ。

「右大臣様、お言葉が過ぎますよ。いまのは、藤袴小侍従にではなく、主上への反論ということでよろしいか」

少将が梓子を背に庇う位置に立つ。

「言葉が過ぎるのは、そなたのほうだ、右近少将。私の揚げ足取りに必死ではないか？　そんなにも、その小娘が大事か？」

「必死なのはそちらのほうでは？　……まあ、わからなくもないですよ。小侍従が失敗してくれないと、右大臣様の弘徽殿の女御様にお戻りいただく計画が台無しですものね」

少将がひどくやわらかい口調で言う。背に庇われているので見えないが、きっとあの『輝く少将』に相応しい笑みを浮かべているのではないだろうか。

「……なんの、こと……だ？」

輝く笑みに圧倒された、というわけではないと思われる。だが、少将の言ったことに動揺したのだとしたら、あまりにもわかりやすい。

「くだらぬ邪推だ。……今日は日が悪いので、ここで失礼する。助力とやらはまた後日といたす」

それだけ言って右大臣は一人渡殿を南庭とは違うほうへ進んでいく。直盧に向かったのかもしれない。

「言い過ぎたかな。義父上であれば、もう数回押しても何事もない顔をなさるのだが。右大臣様相手では加減が必要だったか」

少将は右大臣を追うこともなく、見送った。

「少将様。よかったんですか？　右大臣様の狙いを言ってしまって……」

梓子の問いかけに、少将は振り向き微笑んだ。

「今回の件では、あちらの狙いをこちらが知っていると教えることは大事だよ。それだけで、あちらは小侍従を陥れるための仕掛けがやりにくくなる。逆に責められることを恐れてね」

　少将も狙いがあったということのようだ。

「でも、この場に留められなかったのはよくなかったかな。助力いただく日が、あちら主導になってしまったね」

　助力いただく日がこちらで指定できなかったのは痛手だ。新たな南庭の怪異に遭遇する条件がわからない以上、唯一の遭遇者である右大臣に、怪異呼び出しにご協力いただくよりない。だが、梓子に解決させたくない右大臣が『また後日』とすると、いつになるかはあちら次第になってしまう。

「とはいえ、誰が聞いているかもわからない場で、小侍従の実力を疑う発言を繰り返せば、遠巻きに聞き耳を立てている者たちの心証に関わる。……小侍従の実力を疑う者が増えれば、右大臣様が自分の手の者を送り込まずとも君を見張る目が増やせる。その先で、右大臣様側に告げ口する者も出てくるだろう。右大臣様の発言は最小限に抑え込む必要があった……けど、やはり加減すべきだったなぁ」

　少将が反省を口にして、ゆっくりと渡殿を進み始める。梓子もその背を追って渡殿を進んでいく。

「私もまだまだだな。執拗に君を貶める言動への憤りを抑えきれなかった」

　前を進む背中が呟いた。

「ありがとうございます。信じてくださる少将様のためにも解決を急ぎます。……とはいえ、再現性がないので、どうにかして発動条件を探らねばいけませんね。右大臣様がいない状態でも怪異に遭遇できればいいのですが」

なにはなくとも、遭遇できるかどうか。それがなくては、怪異の目的を考える話にもなりはしない。

「そもそも、この状況は怪異の噂にもなってなくないですか？」

「そうでもない。……新たな南庭の怪異に右大臣様が遭遇された、という話は、宮中で十分に噂になっている。問題は、誰も何が起きたのかまでわからないで話しているから、その分だけ話の尾ひれがつきやすい。いまはその尾ひれがいくつもあって統一されていない。でも、怪異話の筋書きが、ある程度一つの話としてまとまったならば」

「その噂話からモノが生じてしまいます。しかも、十分に噂話が回ってから生まれたモノということであれば、生じた当初から妖の段階にあってもおかしくないです」

梓子は南庭方向に向かう足を止めた。これは、右大臣の協力を待っている場合ではない。今まさに宮中にモノが生まれようとしているという話だ。

「それは、物の怪化までの進みが早いということだね？」

先を進んでいた少将も足を止めて梓子を振り返った。

少将の言うとおりだ。下手をすれば、モノとして成り立った、次の瞬間には物の怪と化している可能性だってある。

「はい。……モノが生じてしまえば、これまでの縛りと変わらないやり方で行けますが、それを待つのは危険だと思われます」

　こうなっては、もう南庭を隅から隅まで掘り返すよりないのでは。梓子が過激な方法に傾きかけたところに、聞き慣れた声が掛かった。

「藤袴殿、少々よろしいか」

「兼明殿？　どうしてここに？」

　渡殿の欄干の下から兼明がこちらを見上げて立っていた。

「高位の方々が言い争っていれば、そりゃ人も集まりますって」

　言われてみれば、右大臣と少将が言い合っていたのだ、人目を引かないわけがない。

「それで、俺が宜陽殿側に行こうと思うんですが、回収をお願いできますか？」

　突然の宣言に、頭の中で話が繋がらず、首を傾げる。

「……どういうことですか？」

　思わず、その場で膝をつき、欄干から身を乗り出す。

「前回と同じくこっちから南庭に向かうと方角しかわからない。逆側から行けば探す範囲は、もっと狭くなる」

　どうやら怪異の核を探しに行くつもりのようだ。

「兼明殿、それはわざわざ倒れに行くとおっしゃるのですか？　あまりにも危険です！」

「南庭に何かがあることは間違いない。……その何かを見つける。これ以上、うちの姫のことで好き勝手なことを言わせるものか！」

兼明は身を翻し、宜陽殿側へ歩き出す。

「兼明殿！　待ってください。本当に倒れたら……！」

今回の怪異は、怪異話の噂話についた尾ひれで、どんなことになるかわからないという危険な状態なのだ。

ずんずん離れていく兼明に、梓子は欄干を越えようとして止められる。

「小侍従、私が兼明殿と共に行く。君は帝の御前に。再度南庭のどこかを掘り返すことになるだろうから、許可をもらったという体裁を整えておいてくれ。……あと、悪いが、兼明殿の提案は受けるよ。右大臣様の助力が期待できない以上、我々で見つけるよりないからね」

そこまで言うと、梓子の反応を待たずに少将は兼明を追った。

「そんな……」

二人が無事に戻ってくるのを祈ると同時に、戻ってきた後も無事で済ますために、梓子は身を翻し御前へと急いだ。

二人が戻ってくるのを清涼殿で待っていた梓子だったが、戻った少将は、その手に兼明を支えているわけではなかった。

「……とんでもないものが出てきました。申し訳ないですが、離れたところからの報告をお許しください」

　少将が帝からかなり距離をとった場所で足を止めた。

「藤袴。右近少将は、いったい何を持っているんだ？」

　帝の疑問に梓子は答えられない。少将が手にしている物は、梓子の目にもはっきりと見えない。遠いことだけが理由ではなかった。黒い靄が少将の手を覆っていて、何を持っているかまったく見えないのだ。致しかたない。あんなものを持って帝に近づくことなどできようもない。

「桜の後方、紫宸殿と宜陽殿を結ぶ渡殿の下から匣が出ました。中には……左大臣様への呪詛が刻まれていると思われる呪物が収められておりました」

　距離があるために大きくなった声が、その場に響く。騒ぎを見に来ていた者たちが、一気に騒ぎ出した。

■　四　■

　検討を重ねた結果、清涼殿に公卿が集められた。梓子は公卿たちからやや離れた位置に控えていた。少将は、呪物に触れたため殿上できないので、庭から参加している。

　今回、対処するか否かについて協議する陣定は抜かした。これは対処するよりないからだ。

「左大臣様への呪物ですか……」

大納言が呟くと、その場の視線が一人に吸い寄せられる。

「なぜこちらを見る？　そ、そんなわかりやすく疑われるような物を、誰が置いておくものか！」

右大臣が憤りを見せた。こうなった時に疑われる自覚はあるらしい。

「さては左大臣殿が、猶子である右近少将に命じてそれらしいものを用意させたか？あるいは、そこの女房に用意させたのか？」

右大臣は左側を疑うときばかりは瞬発力を発揮する。そして、こんな時も梓子を否定することは忘れていない。

「それらしいもなにも……、あれは本物です。少将様、早くそれをどこかへ遠ざけたほうがよろしいかと」

自分が疑われたかどうかよりも、あの存在を軽視していることに梓子は反論した。

「投げ出してしまいたいのはやまやまだが、南庭を穢すわけにはいかない。モノを視る目を持たない私であれば耐えようもある。だが、できれば、さっさと陰陽寮に引き取ってもらいたい」

少将が離れたところから、やや嘆き気味に言う。それに応じるように集まった公卿の中から一人、立ち上がった。

「それでは、私が引き取ろう」

「左大臣様！」

その場の公卿たちも、思わず腰を浮かせた。

「な、なにをおっしゃるか！」

右大臣に至っては、立ち上がって叫んだ。

「なに、私を狙った物か確認したいだけだ。そうであるならば、怪異が発動する。目的もはっきりしている。……あとは任せられるな、藤袴よ」

そういうことか。梓子は立ちあがりかけた姿勢から平伏した。

左大臣は、右大臣や、右大臣につられて梓子に怪異対処はできないと思っている公卿たちの目の前で、自身がどれだけ梓子の御業を信頼しているのかを示し、さらに実際の梓子の縛りを見せることで、黙らせようとしているのだ。

「承りました。……ただ、怪異の目的が即時に左大臣様に害を及ぼすものである可能性もございます。距離は慎重にお詰めください。発動の兆候が見えた時点で確認は十分でございます。どうぞ速やかに距離をお取りください」

信頼に応えてみせる。梓子は強い決意とともに携行用の硯箱を取り出した。

「それでよい」

左大臣が庭に下りて、少将の居るほうへと歩み寄る。

「見れば相当古そうな匣ではないか。……さて、いつの左大臣を狙っているやら。なにせ、右も左も内もひとつの氏。遡れば、その血筋に左大臣を出している」

少将の手元の物が見えたところで、左大臣は足を止めて観察し、公卿たちを振り返る。

「おっしゃるとおりです。これはかなり昔に埋められていたものが今になって動き出したと考えられます。もしかすると、この場のほとんどの方々が対象に入るかもしれませんね。……いつの御代の左大臣の血筋でもない者のほうが少ないのでは？」

そう言う少将は、母方の祖父が左大臣だった。

帝の御前に集められていた公卿とは別に、南庭の騒ぎを聞きつけて集まっていた人々が一様に引いていく。呪詛なのだから遠ざかってどうなるものでもないが、気持ちはわかる。

「……我を名指ししたものではなく、いつかの御代の『左大臣』を呪詛するものとなると、この場の誰かということもあるまい。こんな大くくりでどうにかできると思う者はおらんだろう。我はもちろん、右大臣殿でもあるまいよ。そうだな、かつて宮中に忍び入った庶民ではあるまいか。いつの時代も我が氏族は疎まれる側だからな」

左大臣が少将の手から匣を取り上げ、鷹揚に笑う。

「ご自身も対象だとお考えであるならば、触れられるのは危険です」

少将が咎めると、左大臣が笑い飛ばした。

「この場のほぼ全員を狙うなどと大それたこと。ひとりあたりの呪詛は薄かろうよ！」

この度量。自身が対象かもしれないと慌てていた公卿たちも、落ち着きを取り戻し、浮かした腰を下ろした。

一人立ちあがっていた右大臣が梓子のほうを見る。

「藤袴とやら、早くあの匣をどうにかしたらどうだ！」

いまさらになって、梓子ならばどうにかできるという考えに変わったようだ。

「いえ、どうにもできません。左大臣様が御手に取られても、怪異が発動する兆候が見られません。左大臣様のおっしゃるとおり、この場のほぼ全員が対象で、どこに発動すればいいのか定まらないのかもしれません。結局この状態では怪異の目的もわかりませんから、どう縛ればよいやら……」

梓子は出した携行用の硯箱で墨をすりながら答えた。

「なんだ、できないのか？　やはりおまえが仕掛けたものなのではないか？」

大股で歩み寄る右大臣の顔は強張っていた。

「……右大臣様もおっしゃったように、わかりやすく疑われるような物を置くなんてことはいたしません。まして、少将様がお手に取るなんてこと絶対にさせません」

目の前に立った右大臣を見上げ、梓子は反論した。

「疑うなら貴方も持ってみればよいのではないか？　呪物ではない適当に用意したものだと言うなら躊躇われることもないでしょう」

庭から上がってきた左大臣が、手に持った匣を右大臣に差し出した。

「まあ、持つと多少は怖気が走りますが、すぐに倒れるようなものではないので、問題ないですよ。右大臣殿も、いかがですか？」

「それを近づけるでない！　戯れが過ぎるぞ」

右大臣は、左大臣を避けて、公卿たちの集まっているほうへ逃げ込む。

それを確認してから左大臣が梓子のほうを見て、ニヤリと笑った。どうやら梓子の前から右大臣を引き離してくれたようだ。

御簾の内側からこちらを眺めている帝には、それがわかったのだろう。右大臣がさらに何かを言う前に、左大臣に声を掛けた。

「左大臣。それは問題しかないではないか。……そなたは大丈夫だろうが、ほかの者は触れないように。すぐに陰陽寮の者を呼んで引き取らせるのがよいだろう」

だが、この場の最年長でありながらも耳はしっかりしている右大臣が、すかさず話に入ってきた。

「藤袴よ。これでは、結局そなたは何もしなかったことになるがいかがか？」

ここで梓子にそれを問うとは。なにもしていないことは事実である。だが、それを口にすれば、右大臣が当初の狙い通りに事を運ぶつもりであることは目に見えている。

どう答えるか、そう悩む梓子を庭から庇う声がする。

「右大臣様こそ、何もなさらなくていいのですか？　お確かめになればよろしいのです。我々が仕掛けた、怪異でもなんでもないものだとおっしゃるのであれば、どうぞお手に取って、この場の皆様に証明してください」

けっして触れようとしない右大臣に、少将はその場の全員に聞こえる声で指摘した。

「どうやら、右大臣様は、あれが本物の呪詛であることはおわかりなのですね」

その場の公卿たちの視線が右大臣に集まる。

「なにを……」

反論を待たずに少将は続けた。

「右大臣様が認めようと認めまいと、そこにいる藤袴小侍従の御業は本物なので、これまでも幾度か呪詛や呪物の類に対処してきました。彼女に言わせると私もずいぶんと『モノ慣れ』してきたようです。だから、感覚的にわかります。あの匣の呪詛は、とても弱い。それでも、呪詛は呪詛。前回の南庭の怪異『はつはな』のとき、あれだけ南庭を歩き回った我々が気づかないわけがない。……匣そのものは古い。ですが、あの場所に埋められたのはごく最近のことではないでしょうか？」

少将は、兼明とともに南庭に埋まっている何かを探しに行った。だから、匣が実際に埋まっていた場所を見ている。遠い過去に埋められたにしては、浅い場所にあったのかもしれない。もしかすると、それはあとで使うためだったのだろうか。

「なぜ、私に聞く？　だいたい、弱い呪詛を仕掛けることに、なんの意味がある？　そんなもの、なんの役にも立たないではないか」

右大臣の反論に、少将がすぐさま返した。

「いいえ。役に立ちますよ。……なぜなら、右大臣様の目的は最初から呪詛の成就にはなかったから。右大臣様にとって役立つとは、『藤袴小侍従に怪異の対処ができない状況』を作るのに利用できること。それだけだったからですよね？」

少将の声が南庭側から清涼殿に響く。貴族的な話し方というのは扇で口元を隠すくらいに小声だ。だが、穢れをまき散らさないために庭から上がらない少将は、右大臣に聞こえるように話すと同時に、公卿たちに聞こえることを狙って話している。その意図は、どこにあるのだろうか。梓子は右大臣ではなく、庭のほうを見た。

「貴方の真の目的は、藤袴が怪異に対して無能であることを示し、弘徽殿の女御様が宮中を出る理由がなかったと主張することだ。違いますか？」

少将は、改めて右大臣の狙っていると思われることを口にした。

この場で言うことは、とても大事だ。この場の公卿が右大臣の主張に懐疑的になるかどうかが、二つの面で重要だからだ。ひとつには、右大臣が仕掛けたことであり、こちらに非がないことを知らしめるため。ふたつには、新たな南庭の怪異に疑問を抱かせるためだ。怪異の噂として成立しつつあった話を、怪異ではなく右大臣による仕掛けだったのか、と思わせれば、怪異の話ではなくなる。

あれだけ黒い靄を発している以上、モノとしては成立しかけている。だが、現状では梓子たちは怪異に遭遇できておらず、すぐに縛ることは不可能だ。そのために、ここで多くの人々の意識を怪異否定に傾け、急速な物の怪化を避けたのだ。

「さすが少将様です」

梓子は小さく呟いた。これぞ『モノ慣れ』による判断だ。

だが、納得と称賛の梓子とは異なり、右大臣は不服に形相を歪ませ、庭を見下ろす欄干に大股で歩み寄ると、庭に向けて絶叫した。

「そなたは、また私の子を奪う気か！」

■ 五 ■

叫んだ右大臣は欄干を握り、肩で息をしていた。

「なにゆえ……なにゆえにそなたは、また……私から子を引きはがそうとする？」

それでもまだ、その目は庭に立つ少将を睨み据えていた。

どういうことかとざわつく周囲に、少将が説明的に反論する。

「我が友の出家は本人の意志によるものです。友の本気を否定しないでいただきたい！」

「なにが本気だ。そなたが、そそのかしたのだろうが！　息子を出家させ、一人で京に戻るなど、先例に従ったようにしか見えぬ」

右大臣は少将の出家騒ぎでのことを言っているらしい。少将は、当初友人と二人で出家すべく、共に京を出た。だが、少将はその後、一人京に戻った。そこには、寺まで迎えに行った左大臣の説得というか、帝まで出家すると言い出したので思い留まるように説得してほしいというある種の脅し文句があったからだ。

先例というのは、濁してはいるが先帝退位のときの話だろう。先帝は突如の出家により御位を降りられた。ただこの出家は、当代左大臣の父上が、摂政に就くために画策した出来事で、左大臣の兄上が帝と共に出家すると付き添って都を離れたのに、結果的には帝だけが出家し、左大臣の兄上は出家せずに京に戻った……という話がある。

だが、誰もがこの件を口にすることは避けている。これを口にすれば、かかわった左大臣だけでなく、それによって即位した今上の帝に対して、正しい即位ではなかったと批判するようなものだからだ。ハッキリと言わないまでも、先例と言っただけで周囲の公卿たちが眉をひそめるほどに、話題にしてはならない話なのだ。

「こたびは、出家した息子ばかりか、入内させた娘までをもそそのかしたか」

右大臣は、右の女御が内裏を下がられた件までも、少将のせいだと考えているのだ。

「なにをおっしゃいますか。女御様は……」

右の女御が悩み抜いて決めた想いを無視し、そそのかされたなどという不名誉な話にしないでほしい。思わずそう反論しそうになった梓子を少将が止める。

「小侍従！」

梓子は言葉を呑み込んだ。この話は突き詰めると、右の女御が当初遭遇した怪異が嘘だった話もすることになる。それだけは言ってはならない。それこそ右の女御の不名誉になる。

「……右大臣様。弘徽殿の女御様が宮中を下がられたので、もうお渡しすることはないかと思っておりましたが、我が友より預かりました右大臣様への文がございます」

少将は『うつしみ』の処分が決まった後に、右大臣に渡すはずだった友人の文を、懐から出して近くの者に渡すと、欄干から身を乗り出している右大臣に届けさせた。

出家した息子からの手紙に何を期待したのか、文を奪う勢いで取ると、その場で開き、目を通した。長くはないその文を、右大臣は二度読み返し、そのまま握りつぶす。

「ありえん！　こんなもので私を騙そうと言うのか！　帝の妃だぞ、この上ない位を自ら捨てようとするなど！」

少将から聞いている文の内容は、右の女御の解放を願うものだ。そこには、右の女御が長く内裏から出ることを考え、先に京を離れた兄に文で相談していたことも書かれているという。

「……右大臣。弘徽殿の女御が内裏を出たがっていたことは事実だ。朕は、その願いを聞き入れただけだ」

らちが明かないと思ったか、御簾の向こうから声が掛かる。

「主上……」

右大臣はその場に膝をついた。

「なぜ、なぜ二人して、右大臣家に生まれたのだ。己の進むべき道は決まっているではないか。家の繁栄のために生きずしてなんのために生まれたというのだ！」

その嘆きを責められる公卿はいない。娘を東宮に入内させている者もいる。目的は右大臣のそれとなんら変わらない。帝の外戚となって、家の繁栄を極めることだ。

だからこそ、右大臣は受け入れられないのだ。

「……おまえたちさえいなければ、あの二人もこんな選択はしなかったはずだ」

それが右大臣の結論だった。

右大臣は南庭に下りると、触ってみろと差し出されていた匣を摑んだ。

「いなければ……おまえ……さえ、そこに……」

一歩、二歩と匣を手にしたまま清涼殿へ近づいてくる右大臣の呟きが、徐々に不明瞭な言葉になっていく。なにかがおかしい、これを近づかせてはいけない。そう思うも梓子はその場を動けずにいた。

「右大臣様！　おやめください！」

右大臣の振り上げた右手を、少将が止める。だが、右大臣の足は止まらない。押し合いの末、少将が右大臣の右腕ごと押さえたことで匣はその場に落ちた。だが、右大臣は、なお清涼殿へと足を進める。その視線はまるで定まっておらず、誰を狙ってこちらに向かってきているのかもわからなかった。

「小侍従、急ぎそこから退くんだ！」

いまの右大臣がどこを目指しているのかはわからない。それでも、初期の怒りは、梓子に向かっていた。標的が変わっていない可能性はある。ここに留まるのは、危険だ。

「はい！」

梓子は少将の言葉に従い、縛りに必要な道具を抱えると、急ぎその場から下がった。

だが、右大臣が少将の手を振りほどいて、再び匣（はこ）を手にして、清涼殿に投げ込みでもしたら大変だ。落ちた匣を回収しなければ。梓子は、諸々（もろもろ）抱えたまま、右大臣から離れた位置で庭へと下りた。

そこで、押し合う少将と右大臣を見て叫ぶ。

「少将様、匣と同じ黒い靄が右大臣様の影に！」

いや、影ではなく、おそらく黒い靄の一部だ。右大臣と怪異の核である匣につながりが生じているということになる。

少将は強く右大臣を押して、一旦（いったん）距離を取る。

「影？　匣の呪詛（じゅそ）が弱いながらも右大臣様に影響しているということかい？」

少将の問いに、梓子はもう一度右大臣の足元を見た。

黒い靄が地面に吸い込まれているように見える。吸い込まれた先、地面には押し合いで放り出された匣がある。

「……違いますね。これは逆です。黒い靄は右大臣様からなにかを吸い出しています」

これはよくない。梓子は抱えていた携行用の硯箱（すずりばこ）を足元に下ろし、すぐさま筆と草紙を構えた。

「少将様、非常にマズい事態です。あの匣はおそらくこれから呪詛として完成します。

そうなれば、少将様がおっしゃったとおり、この場のほとんどの者が呪詛の対象です。

主上もその範囲内です。……皇太后様は左大臣様の姉君で藤氏から入内された方ですから。急ぎ、縛ります！」

「縛るって、肝心の怪異の目的はわかったのかい？」

「今回に限り、決めつけます！」

梓子は、頭の中で怪異の目的を《決定》し、それに応じた歌を選ぶ。

この匣はまだ明確な怪異話が成立していない。そのため、怪異の目的は曖昧だ。

「話が出来上がっていないから目的がわからないのならば、こちらで話を作って目的を決めてしまえばいいんです」

少将は、一瞬だけ怪訝な顔をしたが、すぐに納得した。

「とんでもない力業だね。……でも、理屈は解かった。君を信じるよ」

右大臣は、少将に押されて前に倒れた状態でなおも進もうとしていた。起き上がることよりも、清涼殿へ向かうことが優先されているのだろうか。這ってでも清涼殿に上がろうとするその姿が、梓子の目には黒い靄を裳のごとく引きずっているように視える。

少将はニオイからこの良くない状況を感じているのかもしれない。速やかに縛りを行なえるよう、梓子の足元に置いた硯箱を取ると、梓子が筆に墨をつけやすい高さに持ってくれた。

「ありがとうございます、少将様」

梓子を信じて、対処を託してくれたことも含めて、少将への感謝を口にした。

これで方針は決まった。帝、公卿はもちろん、騒ぎを聞きつけて集まっている人々もいる。この場で、匣の呪詛が成立すれば、多くの人々が呪詛の対象として扱われる可能性は高い。

「……小侍従、わかっているよね？　気をつけて」

梓子は頷いた。父方から藤氏の血が入っている梓子もまた呪詛の対象である。失敗するわけにいかないのだ。失敗すれば、梓子も呪詛にやられる。陰陽寮の者たちが到着するには、まだ時間がかかるだろうから、ここで梓子が呪詛を抑え込まねば、止められる者が居ない状態になってしまう。

■　六　■

匣を地面に落としたことで、右大臣は徐々に正気が戻ってきたようだ。地を這う動きが止まり、辺りを見回している。

「右大臣様、その匣からお下がりください。そちらの匣は弱いかもしれませんが、怪異に関わるものなので化けます。けっして、近づかないでください」

梓子の言葉に、右大臣は声を発することなく、あいまいにうなずいた。警告はしたし、了承いただいたということで、梓子は最後に少将を肩越しに振り向いた。

「少将様も下がってくださいね。……万が一の時は、よろしくお願いしますね」

「色んな意味でこれからというときに、不吉なことは言わないでね」

そうだった。梓子には『これから』がある。だが、右大臣の望みは潰えた。右の女御が言っていたように、帝は右大臣に権勢を与えるつもりがないのだから。

「……では、これからのために、ここで終わらせましょう」

「わがこひは　むなしきそらに　みちぬらし」
私の恋は、虚しい空に満ちたようだ
「おもひやれども　ゆくかたもなし」
どれほど思っても、思いの行き場がどこにもない

言の葉の鎖が匣に絡みつく。今更掘り起こされても、本来呪いたかった相手はもうすでにいない呪詛に、その想いに、行き場はないのだと突き放す。

「その名、『みちなき』と称す！」

名と姿形を与えたモノが言の葉の鎖とともに草紙の中に消えていく。

古今和歌集の恋歌に収められている詠み人しらずの一首である。空を満たすほどの恋心も、結局のところ行き場のないものだった、という叶わぬ恋を詠んでいる。匣いっぱいになるほどの負の感情を溜めこんでも、その先に道はない。

「満ちても思いは満たされず、願うところにたどり着ける道もなし、とは辛辣だ」

少将が梓子の手から筆と草紙を取り上げて手早く片付ける。

「無事に縛れたね。君と私の道はこれからも続くということだ。お疲れさま」

携行用の硯箱に筆を納め、少将が梓子を引き寄せた。

縛りを終えたあとの、急激に全身の力を失う感覚に、梓子は少将の腕の中に背中から倒れ込んだ。

「匣が消えたぞ……」

少将の衣に身体を預けて目を閉じた梓子の耳に公卿たちのざわめきが聞こえてくる。

「これが、主上のおっしゃった藤袴の御業か！」

「これほどの御業。いったい何をもったいぶっておったのだ？」

梓子は重い瞼をわずかに開けた。好き勝手を言ってくれる。梓子の縛りは制約が多い。仕掛けられるのも基本的に一度だけ。どれほどの緊張と覚悟で機を見定めているか知らないから言えるのだ。

反論したくても、立場的にも体力的にもできそうにない梓子の代わりに、少将が説明してくれた。

「……彼女の御業は強力ですが負担も大きい。連続して使える技ではないから、一度の失敗も許されないんです。その分、御業を使う機を慎重に見定めている。藤袴は、怪異への対処を先延ばしにしていたわけでも適当にやり過ごしていたわけでもありません。そこをご理解いただきたい」

公卿たちが押し黙る。

多くを知る左大臣だけが冷静に、騒ぎで乱れた姿勢と御前での座る位置を正して着座するように促した。目の前で起きたことの衝撃からまだ回復しきれていない公卿たちは、ぎこちない動きでそれに従う。

その時、御簾の内側から帝が右大臣を呼んだ。

「どうであった、右大臣。藤袴は本物であっただろう？」

右大臣は、モノとつながっていたせいだろうか、まだ意識がはっきりしていないようだ。声を掛けられたことはわかっているのか御簾のほうを向きはしたが、返事もできずに呆けている。どこまでが本人で、どこからがモノに憑かれていた言動だったのかはわからないが、この状況であれば、公卿たちも被害者として扱うことだろう。

「陰陽寮の者は来ているか？　右大臣を頼む。しばらく休養が必要だろう。右大臣の分、ほかの皆で朕を支えてくれるか」

御簾の前に並び直していた公卿たちがいっせいに平伏する。

「皆も日常に戻りなさい。……脅威は藤袴によって消え去った。安心するがよい」

不敬な表現になるが、これは帝にしかできない見事な終局の仕方だ。

終わったのだ、そう思うと再び瞼が重くなる。

「藤袴も休ませねばなるまいよ。……少将、梅壺へ運んでおやり」

「かしこまりました」

やわらかい物言いが心地よい。さすがに公卿たちの目があるからか、以前のように抱き上げられることはなく、少将に寄りかかる体勢で支えられて歩く。

「少将様」

歩き出したことで少しだけ意識がはっきりしてきた梓子は、少将に声を掛けた。

「すぐに梅壺に向かうよ。力を抜いていても大丈夫だからね」

梓子は少しだけ首を巡らせて、右大臣の姿を捜した。

「右大臣様は、もう陰陽寮の方が……？」

「ああ。だいぶ呆けていらしたな。あれだけ騒いでいたのに陰陽寮の者たちに支えられて下がる時は、騒ぎもせず無言だった。……もしかして『うつしみ』の時のように、右大臣様の家の繁栄に対する妄執は匣(はこ)とともに縛られたのかな？」

梓子は、わからなかった。『うつしみ』と同じように思えて、まったく異なる気がするのは、噂話から生じたモノではなく、あくまで呪詛であるからかもしれない。

「わたしは『みちなき』で、右大臣様の道を断ちました。一方で匣に対しては呪詛(じゅそ)に必要な人々の負の感情が満ちることはないという意味を持たせました。……ですが、縛る直前、右大臣様と匣は繋(つな)がっていました。もしかすると、匣に与えた名が右大臣様の御心に影響を及ぼすかもしれません」

梓子は考えながら話していた。言いたいことは、とても単純なことのはずなのに、疲れ切った身体では頭もうまく動かず、その単純なことを表す言葉が出てこない。

「……それは、匣側の妄執が、右大臣様に流れ込んだかもしれないということ？」

少将の問いが、梓子の思考を適度に揺さぶる。

「流れ込んだとも少し違う気がします。……私は匣を縛りました。もう匣が呪詛の成立に必要な人々の負の感情を取り込むことはできません。与えた名のとおり、永遠に匣が満ちることはありません。……影響というのは、匣に与えた『満ちることはない』という部分だけ右大臣様の中に共有されてしまったのではないか、ということです。縛った匣が満ちることはないですが、右大臣様の場合は『満ちることはない』と本人は感じているのに、人の身ゆえに負の感情を溜めこんでいく可能性があります。溜めに溜めこんで人の身の器が満たされてしまった時、その時は本来掛けられていた『左大臣に対する呪詛』が、匣ではなく右大臣様ご自身の中で成り立ってしまうかもしれません……。もし、その時の左大臣があの方であったなら、その呪詛はご本人をも蝕むことになる」

これは、梓子の失態だった。匣が呪詛として成立してしまうのを避けるため、縛ることに焦りすぎて、右大臣からモノを完全に引きはがせていなかった。同じく人の想いから発した『うつしみ』では、怪異は右の女御を追い出すことに願いがあり、怪異の側が女御から離れていた。だが、『みちなき』は、あまりにも右大臣と目的が近かった。深く結びついて、手に匣を持っていなければそれで離れているということにはならなかったのだ。

深く俯く梓子を支える少将の手に、力がこもる。

「……小侍従。それは逆に言えば、この先の右大臣様が妄執を手放し、心穏やかに過ごされれば問題ないことだ。我々にできるのは、モノという存在を物の怪に至らせないための対応まででしょう？　人の心がどうなるか。そこまでは踏み込めないよ。だから、君の仕事に間違いはなかった。完遂できているよ」

少将に寄りかかって歩いているから、その声がとても近い。

少将の言うとおりだ。梓子が右大臣の心のこれからを決めつけるのはおかしい。負の感情を溜めこむばかりではない、心穏やかな日々を送ることがない前提で語ってはならない。

「そうでした。……わたしの仕事は、あくまでも物の怪化を防ぐこと。縛ることのほかにできることなんてないのに、おこがましいことを申しました」

さきほどの公卿たちの言葉が思い出された。もったいぶったわけではない。梓子では、あの時にしか仕掛けることができなかっただけだ。

「いや。もうひとつ、我々にできることがあるよ」

少将が小さく笑う。

「なんですか？」

顔を上げた梓子に、少将が澄ました表情で答えた。

「南庭になにか埋めるのを禁じるよう、主上に奏上すること」

それはたしかに、自分たちにできることであり、重要なことだ。

「そうですね。あの広い南庭のどこかにある何かを探して、何度も掘り返すことになるのは遠慮したいです」

梓子は少将に同意し、目を閉じた。

願わくは、右大臣のこれからが心穏やかな日々であることを。政の中枢に身を置く方には、とても難しいことかもしれないけれど。

■ 終 ■

多くの目がある場でモノを縛ってから三日ほどが経った。宮中の話題の移り変わりは激しく、あの日以降は梅壺での仕事に集中していた梓子のことなど、すでに過去である。

「お疲れですね」

同じく噂されることから解放されたかと思っていた少将が、御簾の向こうの定位置に腰を下ろすと、すぐに柱にもたれた。とても疲れているようだ。

「ついさっき、右大臣様と鉢合わせてしまったんだ」

良い遭遇ではなかったのだろう。声にも疲労がにじんでいる。

「それは……。やはり、お心穏やかにお過ごしではなさそうでしたか？」

「そうだね。ご自身が正しく、息子と娘の考えは間違っていると言い切っていた」

鉢合わせの少将相手に、なんて話題を振るのだろうか。

「誰かにとっての正しさが、誰にとっても正しいかどうか。そこをお考えいただけるように申し上げたが、通じたかは怪しいね」

少将の口調は、まったく期待していない。その証拠にすぐ話題を変えてきた。

「怪しいと言えば、小侍従は『月影法師』なる人物を知っているかい？」

法師といっても、寺の名前を付けて言わないところからいくと、官寺の高僧というわけではなさそうだ。

「いいえ、存じませんが。有名な方なのですか？」

少将は柱から身を起こすと、御簾に寄った。

「私も知らなかったのだが、どうやら市中ではそれなりに知られた法師で、一部では『月影の聖』とまで呼ばれているようだ」

聖と呼ばれるなど、十分に有名ではないか。

だが、なぜその法師の名を出したのか。そう考えているのが御簾越しでもわかったのか、少将がさらに御簾によって小声で言った。

「右大臣様がね、『月影法師も私が正しいとおっしゃっていたんだ。正しいに決まっている』とかなんとか呟いていたんだよ」

右大臣がらみと聞いて、梓子は御簾の内側で眉を寄せた。

「気になるのですか？　もしや……」

「小侍従も気にはなっているでしょう？　あの呪詛の匣を、いったい誰が右大臣様に渡したのか。その答えが、月影法師なのでは、と思ったのが一点目」

　少将がそこからさらに声を潜めた。

「でも、本当に気になったのは、そこじゃない。二点目のほうだ。……ねえ、小侍従。月影は『月の光』のことだよね？」

　問われて、梓子も声を潜めた。

「はい。そのとおりですが……？」

　歌論的な話だとは思わないが、どこにつながる話とも知れず、梓子は慎重に尋ねる。

　それに応じた少将は、ついにはささやき声で気になる二点目を口にした。

「月の光っていうのは、もしかして『こうげつ』なのでは？」

　掠（かす）れるほどの小声だというのに、その言葉は梓子の胸を大きく打った。

肆話

しのばず

■ 序 ■

梓子の本分は、梅壺での記録係である。梅壺で起きたことはもちろん、梅壺周辺で起きたことも記録する。そこには、先日南庭で発生した怪異の記録もある。『みちなき』は、過去からの呪詛であった。左大臣家を対象としており、そのことが呪詛の埋められた過去から現在、さらには未来にまで影響する可能性がある。その点を記録として書いておく。今後なにかあった時に、この時点で懸念があったことを記しておくことで、万が一の時に、いまの梅壺から出た呪詛ではないことの証言に使うためだ。

梓子のモノを縛る業は、陰陽師や仏僧のそれに比べて弱い。モノが事象として現れている範囲しか縛れない。過去のどの時点かであの呪詛が発動し、その時の左大臣家がすでに呪詛に絡みつかれていたとしても、それをどうすることもできない。いまの宮中の公卿のほとんどが、過去に左大臣を輩出した家の裔である。その誰かが、再び左大臣に就いた時、あの呪詛がどう影響するかはわからない。

結果的に、梓子は今の左大臣家に発動しかけた呪詛を防いだわけだが、今の左大臣家が過去すでにあの呪詛を受けていたら、それは止められない。

記録する筆が重い。自分にできること、できないこと。それを自身に刻んでいる気がしてくる。梓子は記録の筆を止め、縛りの筆を手に取った。できることが少ないのは、母が遺した縛りの筆を十全に使えていないからなのだろうか。

「もしかして、『こうげつ』なら……」

この筆にできることを知っているかもしれない。そう考えたところで、「藤袴殿」という声が間近でした。

「はい？」

振り返るも、誰もいない。母屋からのお召しだろうか。

梓子は文机を離れると、母屋に急いだ。

「あの……どなたか、お呼びになりましたか？」

問いかけるが、近くにいた紫苑が首を傾げる。

「藤袴殿、どうなさいました？」

とりあえず紫苑が呼んだわけではなさそうだ。

「いま、どなたかわたしにお声がけくださいましたよね？」

改めて問うと、紫苑と一緒に居た撫子が身構える。

「まさか、モノが梅壺内に侵入いたしましたか？」

相変わらず着ている衣の重さを感じさせない軽やかな動きだが、今回はそういう話ではないので宥める。

「いえ。……モノの声という感じはしなかったのですが」

梓子は視線を巡らせ、ほかの女房たちの表情を見る。どうも、誰も心当たりがないようだ。本人が呼んでいないにしても、聞いたという感じもない。

「声が近かったので、母屋のほうだと思ったのです。……では、記録の最中でしたので、とりあえず戻りますね」

すごすごと局に引いた梓子だったが、局の状態に御簾を上げたままで止まる。

「……ん?」

視界に映る局の様子がおかしい。文机の上にあったはずの紙束が、床板の上に落ちていた。これだけならば、突風が吹いたと言えるかもしれない。だが、二階厨子の下側、開き戸が開いている。これは突風が吹いたという話ではないだろう。

思わず後ろに下がり、ちょうど通ろうとしていた竜胆にぶつかってしまう。

「わぷっ……藤袴殿、こんなところで立っていないでください」

言われて謝ろうとするも、すぐに言葉が出てこない。

「なにか、ありました? よもや、局にモノが?」

梓子の無言に眉を寄せた竜胆が局を覗き込む。

「なんです、これ……。もしや、何者かが藤袴殿の局に?」

竜胆の反応から自分の目に見えているのがモノによる幻影の類ではないと知る。

「しっかりしてください、藤袴殿。まずは、ただ荒らされたのか何かを盗られたのか、そこを確認しましょう」

　そう促されて急ぎ局に入る梓子の背後で、竜胆が柏や桔梗に声を掛けている。

「柏殿、桔梗殿。藤袴殿の局が荒らされています。並びのお二人の局が無事かご確認ください」

　二人は梓子の局のお隣さんとそのまたお隣さんだ。

「どうだろう。藤袴の局を誰かが出入りする姿は見なかったし、そもそも御簾の外を誰かが通ったという感じもなかったけど……」

　桔梗が自身の局を確認しながら、竜胆に返す。

　梓子も桔梗に同意だ。誰かに呼ばれた気がして母屋へ向かったが、その時に誰かが局に入ってきた、あるいは誰かが局の前に来ていたという気配を感じなかった。

「草紙は無事です。……よかった」

　縛ったモノが納められた草紙は全部そろっていた。とりあえず最も危険な物は盗られていないようだ。少し安堵して、記録の紙束を確認しようと文机のほうを見て気づく。

「ちっとも、よくありませんでした」

「あらあら。やはり草紙が足りなかったのですか？」

　自身の局を確認し終えたらしい柏が几帳の横から顔を覗かせる。

「……いえ、筆が……モノを縛るための筆がありません。携行用の硯箱ごと文机の上から消えています！」

あるべきものがなかった。これこそ、モノによる幻影の類であってほしかった。

■　一　■

「なにがあったのです？　御前を騒がせるとは不敬ですよ」

梓子の声が聞こえたのか、母屋から萩野が状況を見に来た。

「ど、どうしましょう、萩野様！　筆がありません……」

ごく当たり前の筆ならある。だが、あの母から継いだ筆は、特別だ。あれこそが、縛りの御業を可能にするものなのだから。

筆の重要性を知る萩野に梓子は訴えかけた。

「落ち着きなさい、藤袴。……手の空いている者は、藤袴の局に。手分けして隅から隅まで捜しますよ」

萩野は、筆がないことがいかに問題であるかを正しく理解し、対応を示してくれた。

「はい！」

二階厨子や記録の紙束、文机など、梓子の局はほかの女房の局に比べて物が多く、ほかの殿舎の女房より広い局を与えられていると言われる梅壺の女房の中では狭くなってしまっている。そこを区切りの几帳も退かして五衣唐衣裳の女房が五人、筆の入った硯箱を捜して動き回っている。

「いったいなんの騒ぎだい？」

御簾の外側からの声に、萩野が対応する。

「これは、右近少将様。はしたないところを……。あら、典侍様もご一緒ですか？」

御簾はおろしていたが、内側でバタバタしているのは外からも解かるのだろう、御簾の向こう側に典侍を連れた右近少将が立っていた。

「ああ、例によっておかしなことが起きていてね。典侍様からお声が掛かったんだ」

少将は手短に答えると、すぐにこちら側に問い返す。

「それで、そちらはいったいなにが？」

思わず梓子は御簾の端から外に出た。

「少将様……！」

梓子を受け止めた少将が、梓子の頬に触れて眉を寄せる。

「小侍従、ひどい顔色だ。なにがあった？」

「筆が……母上の筆が……消えてしまいました！」

その訴えに短い悲鳴をあげたのは、筆の重要性を知る数少ない人物の一人である典侍だった。

「縛りの筆が見当たらないのですか？」

常に冷静に宮中を取り仕切っていると言われる典侍が、珍しくも動揺の声をあげる。

「それは、一大事にございます！　どうしましょう」

筆の重要性と、それが替えの利かない希少品であることを、典侍は姉である梓子の乳母(めのと)の大江から聞かされている。

「落ち着こう。……最後に見たのは、いつ？　どこ？」

「先ほどまで局で記録を保存用の紙に書き写しておりました。……その時に、ふとした考えごとで手に取っております。確実に手元にあったのです。そのあとも、携行用の硯箱に戻して文机の上に置いておりました」

　少将に問われて思い出そうとすることで、梓子は徐々に落ち着きを取り戻す。

「藤袴殿、例の件をお話ししたほうがよいかと。かなり怪しいと思われるので」

　紫苑の指摘に、梓子は色々混乱して失念していたことを思い出す。

「あ……そうですよね。誰かに呼ばれたと思って、母屋のほうに行きました。ですが、どなたも呼んではいなかった……。それで局に戻ったら、二階厨子の扉が開いていたり、文机の上が荒らされていたりとおかしなことになっていました」

　梓子の話を聞いた少将は、なぜか典侍のほうを見た。

「これは……、同じ話と考えるべきか」

　問いとも確認とも取れない言葉だったが、典侍が頷(うなず)いた。

「同じ話と申しますと？」

　少将は梓子を宥めるように唐衣の肩を撫(な)でて応じる。

「典侍様の御用件も温明殿(うんめいでん)の内侍所で物が消えるという話だから、同じかもしれないと思ってね。現状、怪異かどうかは判断できていないが、先日の件があるから、当然この話は我々のところに来るし、解決しなければならない。だが……そこで筆がないのは致命的だ」

少将は御簾の向こう側に向けて言葉を続けた。

「先日の件では、多くの人間の前でモノを縛る御業を使っている。筆の役割の大きさに気づいた者も多いだろう」

これに御簾の内側から萩野が呟きの声の大きさで応じた。

「ですが、一番の懸念は……」

少し遅れて梓子も萩野の抱いた懸念に気づき、背筋にゾクッと来た。

すでにその懸念に思考がたどり着いていたらしい少将が表情を厳しくする。

「ええ。怪異を縛れないのではなく縛らない。筆のあるなしは言い訳で、温明殿で物が消えているのは左側の仕業であって、先日のように怪異の対応をしないのも、怪異ではないと知っているからだろうと言われることですね」

沈黙が落ちる御簾の外と内側に、衣擦れの音がした。続けて御簾の内側の女房たちが、急ぎその場に身を低くする音が続いた。

「急ぎ、藤袴を宮中から下がらせましょう。温明殿の件が怪異によるものであれ人の手によるものであれ、藤袴を利用されるわけにはいきません」

左の女御の声だった。母屋からお出ましくださったのだ。御簾の外側の梓子たちもすぐさま平伏した。

「仰せの通りに。至急、手配いたします」

　少将が恭しくそう答えた。

　少将の手配は、梓子の想像以上に早かった。相手が動き出してからでは意味がないから、と半刻もせずに梓子は牛車に揺られて二条邸に向かうことになった。

「惟信さん、急にお迎えをお願いしてすみません」

　梓子は牛車に付き添ってくれている少将の乳母子に声を掛けた。

　惟信は少将の従者の役割を担っていると同時に、二条の邸での家司（家政を取り仕切る者）的な存在でもある。二条の邸は、少将が祖母から伝領した邸であるが、梓子を迎えるために整えさせた、まだ新しい邸なので、人手が足りておらず、新たに雇った者たちも邸に仕えることに慣れていない。そこをうまく調整、指示を出しているのが、この惟信だった。男性としてはやや小柄だが端整な顔立ちをしていて、『輝く少将』とその近くに控えている従者は、一対で目の保養だと噂になっていたのも納得の容姿をしている。

「よろしいのですよ、御方様」

　穏やかな声で返されて、梓子は焦った。

「……その御方様って、まだ……」

「おや。しばらくお邸にいらっしゃるとお聞きしたので、いよいよかと」

怪異がらみの話の上に、もしかすると政争に巻き込まれるかもしれないから……とは、とてもではないが惟信には言えない。惟信は『我が主第一主義』を掲げている。危険に巻き込んでいるとなれば、梓子とて排除されかねない。

「それは……」

惟信が梓子を受け入れたのは、主の不名誉な女性関係の噂が収まることを願ってのことである。ここは、そういうことにしておくべきなのだろうか。だが、惟信に期待させるのも良くない。言葉に詰まる梓子になにごとかを察して、惟信が引き下がってくれた。

「承知いたしました。……では、いましばらくは主に倣い『小侍従』様と」

このお迎えは、少将の命令によるところだ。惟信にとっては、それがどんな意図によるものであるかは二の次なのだろう。

追及を逃れた安堵もつかの間、惟信が梓子に道の変更を告げる。

「それで、小侍従様。本日は方角が悪く、道を変えております。かなり遠回りになってしまうのですが、お許しください」

急ぎ二条邸に戻りたいところだが、致し方ない。それでさえ、状況が悪い。無理をして悪い方角を行けば、より悪いものを引き寄せかねない。邸に到着するまでに時間が掛かろうと、いまは『宮中に藤袴小侍従はいない』ということが重要なのだから。

「わかりました。大丈夫です」

梓子は惟信にそう応じて、ふと気づく。

「なにやらにぎやかですね？」

「だいぶ南から大回りする道になってしまったので、下々の者もいるあたりを通ることになりまして。騒がしいですよね、申し訳ございません」

惟信が言うので、梓子は咎めたわけではないことをすぐに返した。

「大丈夫ですよ。武家の育ちなので郎党たちのにぎやかな声も聞こえてくる邸でしたから」

そこに牛飼いの声が入る。

「申し訳ございません、惟信様。この先に人だかりができているようです。避けるために少し向きを変えますので、お気を付けください」

人だかりと聞いて、梓子は物見から外を覗いてみた。

「ずいぶん人が多いですね。いったいなにが……？」

梓子の呟きに、惟信が牛飼いの一人を人だかりのほうへ走らせる。

思ったことを気安く口にするのはよくないと梓子が反省しているところに、牛飼いが戻ってきた。

「どうも高名な法師が京に来ているようです。それに下々の者が集まっていると」

牛飼いの話を聞いた惟信が、簾越しに梓子に報告した。

もう一度、物見から人だかりのほうを見ると、なるほど誰かを人が囲んでいる。だが、囲われている人物と人々の間には少し距離があるように見える。近づくのもためらわれるほどの尊い法師なのだろうか。

「なんでも、聖(ひじり)と呼ばれるほどの御方で、上達部(かんだちめ)から庶民までとずいぶん広く慕われているそうです」

「上達部まで……。そうですか。尊い御方だから皆さん少し下がっているのですね」

考えは正しかったようだ。梓子は改めて物見から聖と呼ばれるほどの人物の尊顔を眺める。

年の頃は少将より少し上だろうか。聖と言われると老僧を想像するので、そこからいけば、かなり若い。

「たしかに清らかな御方とお見受けしますが……」

なぜだろう。その清らかさは、右の女御がいた頃の弘徽殿のあの清浄さを思い出させる。あの良いも悪いもすべてを拒絶する空気を。

「月影法師とおっしゃるそうですよ」

瞬間、梓子の耳から人々のざわめきが消える。物見から見ていた柔和な僧侶(そうりょ)の顔が得体のしれない何かに見えてきた。

「……月影……」

梓子は物見から離れると、惟信に声を掛けた。

「惟信さん、お願いがあります。『月影法師』の話をできるかぎり集めてください。あと、大至急で月影法師が京に居ることを少将様に報せてください」

少将にも関係することとなれば惟信の判断は早い。

「畏まりました。すぐに手配いたします」

言葉どおりすぐに人を手配するために、惟信はその場を離れていった。

■ 二 ■

二条邸に戻った梓子は、すぐに西の対にある自分の曹司に入った。

「急ぎ、美濃の大江に文を出さないと」

硯箱を開いたところで、眉を寄せる。

「筆を見ると……いっそう不安になってしまう」

あるべき筆が手元にないことが不安でならない。

母の筆を継いだのは、裳着を済ませてすぐの頃だった。そのとき、梓子は乳母の大江から替えがない筆であるから、扱いには注意し、大切にするよう強調されている。

「替えがないにしてもなにか……」

筆に不具合が生じた際の対処方法や臨時の代用筆の話などを母から聞いているかもしれない。どれほど特別な筆であっても、物であるかぎりは消耗する。紛失を前提としなくてもいい。傷がついた、ひびが入った、あるいは折れてしまった。そういう時の対処の一つぐらいあるのではないだろうか。

　梓子は願いをこめて文を書くと、近くに控えている女房を呼んだ。

「吉野。これを急ぎ、美濃へ」

　吉野は梓子が多田の邸に暮らしていた時からの側仕えの女房である。慣れない者に囲まれては気詰まりだろうと、少将がこの邸に連れていくことを許してくれた。歳は梓子より五歳下だが、女童の頃から長く梓子に仕えてくれている、信頼できる存在だ。

　二条邸に移ってすぐのときにも美濃の大江に文を送っているので、それだけで吉野には通じる。

「畏まりました、姫様」

　惟信の『御方様』も気恥ずかしかったが、吉野の『姫様』も今となってはくすぐったい感じがする。だが、ほかの呼び方をまったく聞き入れてはくれないので、『御方様』になるまで耐えるよりない。

「小侍従。戻ったよ」

　吉野と入れ替わりに、少将が入ってきた。

「おかえりなさいまし、少将様」

　梓子は硯箱を片付けると、少将を迎えた。

「どこかに文を？　何か手立てがありそうなのかい？」

　吉野が出ていった背後を振り返る少将に、梓子は力なく返した。

「手立ての有無を美濃に居る大江に尋ねる文にございます」

「そうか。典侍様も美濃に急ぎの文を送ると言っていたよ。乳母殿が君の御母上からなにか聞いているといいのだけれど……」

梓子の傍らに腰を下ろした少将は、梓子を慰めるように言った。

「典侍様といえば、温明殿の怪異はどのようなものだったのですか？」

筆の件で落ち込んではいられないと、梓子は少将を見上げて尋ねた。

「温明殿の件は、実は君に起きたことと話が似ている。呼ばれて場を離れて戻ると、そこに在ったはずの物がなくなっていた。ただ、温明殿のほうでも、怪異と決めつけてはいなくて、その見極めに君を呼ぼうとしていたんだ」

梓子は眉をひそめた。梓子以外にも同じことが起きていたとは。

同じといえば、最近もどこかで、モノが消えた話があったような。その時も怪異か人の手による盗難か確認しようと思っていたのだが……。

「それは……怪異でなく、人が盗んだかもしれない、と？」

「うん。怪異なら、人をどこかに行かせてから物を持っていく必要はないでしょう」

少将の言うとおりではある。梓子もなにからなにまで怪異によるものだとは思っていない。ただ、宮中で人が盗んだとなると話がややこしくなってくる。貴族の邸宅に盗賊が入ることはある。だが、話は宮中でのことだ。まして、梅壺には帝の妃が、温明殿には神器を保管している賢所がある。帝の居られる清涼殿に次いでなにかあってはならない場所だ。その上、今回の件で梓子は『藤袴』と女房名で呼ばれた。女房名と顔が一致しているのだ。たんなる盗賊のしたこととは思えない。宮仕えする何者かが手引きしている可能性も否定できない。

「そうですか。……それでは、典侍様が少将様にお声を掛けられたのは、右近少将としてのお仕事のほうでしたか」

近衛府は宮中警護の役目を担っている。それ故に言ったことだったが、少将は軽く首を振った。

「いや、私が典侍様に呼ばれたのは、右近少将としてではなく、私という人間としてだよ。問題の呼び声を聞いてほしいという話だったんだ。私の耳は、宮中勤めの女房の声をほぼ全員聞き分けるからね」

梓子は納得した。誰が呼んでいるかわかれば、怪異ではないで決定する。

「それはいい方法ですね。少将様の御耳は特別ですから！」

典侍の判断は的確だ。そのことに感心すると同時に、人だろうが怪異だろうが対応に呼ばれる少将の万能ぶりに感嘆する。

「ただね、私がいる間には呼び声は聞こえなかった。警戒されたとしたら人である可能性が高いが、単純に怪異の発動条件に合わないということも考えられる。人か怪異か、そのどちらであっても条件がわからねば話が進まないので、被害に遭った者たちの話を集めてもらえるようにお願いしておいた」

頼りになることこの上ない。

「さて、温明殿の話はとりあえずここまでとしよう。……それで、使いの者から聞いたんだけれど、月影法師が京に居るって？」

話題が月影法師の話になったことで、梓子は急に緊張してきた。

「はい。牛車からその姿を見ました」

梓子は蝙蝠を広げ、声を落とした。ここは少将の邸だが、彼が梓子を迎え入れるために整えるにあたって新たな人員を多く入れた。もちろん、雇うにあたってその人物の背景は確認しているが、まだ人物の気質を見極めるほどの日は経っていない。邸の中のことを外で話さないか否かはわからないから、政の上のほうにいる方々の話をしているのを聞かれるのはよろしくないという判断だった。このあたりの感覚は、梅壺の局であっても二人で話す時に気を付けるのと同じだ。

「正確にどのあたりで見たかは、惟信さんにお尋ねいただければわかるかと」

少将も手にしていた蝙蝠を広げると、梓子に膝を寄せてから話を続けた。

「京に呼んだのは右大臣だろうね。『うつしみ』のあとに、誰かを呼び寄せる話をしているのを目撃した。……それで、君の目から見て、月影法師はどんな人物に見えた？」

現状、月影法師のことを『こうげつ』ではないか、と怪しんでいるのは、梓子と少将だけだ。兼明の記憶によれば、『こうげつ』は梓子の母とともに行動していたらしい。その名の響きから、かつて草紙に縛られていたのではないかと考えている。元モノであり、草紙から解放されたとしたら、名と姿形を持つ物の怪となっている可能性が高い。右大臣の耳にでも入れば、また騒がれるだろうから。

だが、月影法師を物の怪と疑っていることを誰かに知られるわけにはいかない。右大臣の耳にでも入れば、また騒がれるだろうから。

「見たところ、少将様より少し歳が上でしょうか。上品なお顔立ちに、穏やかな表情を浮かべて囲む人々とお話しされておりました」

牛車の物見から見た月影法師を思い出しながら梓子は言ってから、続く言葉を濁す。

「でも、気になることがあって……」

「それで、惟信に調べるように言ったんだね。黒い靄でもかかっていた？」

少将が軽い口調で、梓子を促す。そこには、口が重くなった梓子への気遣いがあった。こうした細やかな優しさに、梓子は広げていた蝙蝠の裏に小さな笑みを隠した。

「……いいえ。なにもなかったんです。『うつしみ』の件で弘徽殿に行った時のことを憶えていますか？」

少将が蝙蝠を下げて頷いた。

「うん、憶えているよ。そうか、そういう意味での『なにもない』なんだね。……清浄さを聖と呼ばれるに相応しい人物だからととらえるかは難しいね」

判断の難しさに少将も首を傾げて瞑目する。だが、少し考えてから顔を上げた。

「この件は、惟信の報告を待ってから改めて考えよう。まずは温明殿の件をどうにかするほうが先だろう」

「そうですね。月影法師は内裏の外。温明殿の件は内裏の中でのことですから」

月影法師を見かけたことに動揺して意識を持っていかれていたが、梓子としても宮中での出来事のほうを優先にすべきだった。筆が消えた件とつながっている可能性がかなり高いのだから。

「温明殿の件は、当面の間は私が動くよ。温明殿だけでなく梅壺の君の局でも起きたんだ、宮中のほかの場所でも同じことが起きていないか調べるところから始めようか。それでどうだろう?」

梓子は少将の提案に目を輝かせて頷いた。

「ありがとうございます! さすが、少将様です。モノそのものだけでなく、モノへの対処手順も完璧です。もうこれは『モノ慣れ』などという段階ではなく、『モノわかりがよい』と言えるでは!」

梓子的最上級の賛美だったが、少将は視線を御簾のほうへとさまよわせた。

「モノわかりね。モノをわかりかねて、憑きまとわれている身なのだけれど」

そう言ってぎこちなく笑った少将が、急に表情を変えて梓子のほうを見た。

「小侍従、モノわかりで思ったのだけれど、月影法師が『こうげつ』であるか否か、兼明殿に確認をお願いしてみるというのはどうだろう? 彼だけが『こうげつ』の姿を見ているわけだから、わかるんじゃないかな?」

少将の提案に、『さすがです』と言いそうになって止める。

「そうですね。いいと思います。……わたしは『こうげつ』の存在さえも覚えていなかったので……」

実際、月影法師の姿を見ても、昔見たような気がするといった思いは、湧き上がってはこなかった。

自分では見てもわからない。梓子は再び蝙蝠で口元を隠してから俯いた。

「いまやモノを縛るための筆も消えてしまっておりますし、わたしには何もできません。いつだったかに右大臣様がおっしゃったように『無能者』にございます」

あの筆がなくては、モノが見えたところで梓子には何もできない。深く俯く梓子の手元から蝙蝠が少将の指先に攫われる。蝙蝠を追って顔を上げれば、少将が悲しそうに表情を歪めていた。

「そんなことはないよ、小侍従。筆に関して言えば、奪っていった者が悪いという話だ。君に責はない。こうして邸に籠ってもらうのは、ただひたすらに、君が誰かに利用されることがないようにという思いからだよ」

守られている。かつて、大江と兼明が多田の邸で守ってくれたように、いまは少将が、左の女御と梅壺の皆が、典侍が、梓子を守ってくれているのだ。

「私が宮中で話を集めてきたら、一緒に考えてくれるだろう？　君に比べたら、私のモノ慣れなんてたいしたことないからね。君の知識や感覚を頼りにしているよ」

梓子の蝙蝠を床に落とすと、少将の手が梓子の頬を撫でた。

無能ではない、筆がなくてもできることはある。そう言われているのだ。

「もちろんです。怪異の対処はわたしの仕事です。受けた仕事は完遂する、それが信条ですから」

少将が自分を肯定してくれるからこそ、この信条を貫ける。

この邸では、梅壺の局とは違い二人を隔てる御簾もない。梓子は目を閉じると、少将にそっと寄り添った。

「君の出仕を気にせずに二人で邸にいる夜だっていうのに、まったく落ち着きのない夜だね」

少将は小さく笑うと、梓子の小袿の肩をそっと引き寄せた。

短いはずの夏の夜なのに、月がないせいか、夜に終わりがないように思えてくる。不安ばかりが積み重なる夜闇の中、二人は互いを支えるように、ただ寄り添い合っていた。

■ 三 ■

少将がちょうど内裏を出ようとしていた参議の一人を呼び止めたのは、梓子が二条邸に下がった日の翌日のことだった。

「ほう。右近少将殿も月影法師をご存じか」

参議が細い目をさらに細めて少将の問いにそう返した。

「色々あって我が家に入りこんだ悪しきモノを、瞬く間に追い出してくれましたよ」

この方に関して言えば、『色々あった』は、おそらく女性関係絡みだろう。その事情ゆえに、いつもなら家で呼びつける陰陽寮の陰陽師を呼べなくて、月影法師を招いたというところではないか。

それにしても、家に悪しきモノが入りこんでくるとは、いったいどんな色々がこの参議にあったのだろうか。

この参議は自称・話し上手で、こちらが黙っていれば勝手にしゃべってくれる。この手の情報が欲しい時には、大変ありがたい人物だ。少将は聞き役に徹することにした。

「世に『聖』と騒がれようとも、しょせんは法師陰陽師と思っておりましたが、いやいやこれがとんでもなく有能で……且つ、弁えている者でございましたよ」

この場合の弁えているとは、依頼の内容を外に漏らさず、脅しに使うこともないという意味だ。

中央の貴族は多方面から恨みを買いやすい。呪詛されているかもしれない可能性は常にある。また、貴族として政に関わる身であるゆえに庶民から恨まれることもある。どこからどう恨まれているかは表に出さないのが暗黙の決まりごとだ。

「方違いの関係で、京の南側に道を回った際に人だかりを見まして、聞けば、月影法師という者だと」

直接接触したわけではないことを話せば、何を納得したのか参議が幾度も頷く。

「右近少将殿もなにかと大変でしょう。気になることがおありならば、あの者をお召しになってはいかがか？」

生温かい目で見られた。世間的には当代一の色好みである。どうも同種の悩みを持つ者と思われたようだ。否定したいが、そうすることで、月影法師の話を入手したい理由を追及されると厄介だ。たしかに上達部にも知られた存在だとわかったことだし、この場はこのあたりで話を終わらせておきたいところだが……。

「右近少将殿！」

ちょうどいいところに自分を呼ぶ声がして、思わず温明殿の怪異かと思ったが、男の声でしかも声のしたほうには知った顔があった。

「左中将様？」

少将につられて左中将のほうを見た参議に、歩み寄ってきた左中将が頭を下げる。

「参議様。お話し中のところ申し訳ございませんが、右近少将殿をお借りしてよろしいでしょうか？」

「ええ、もちろん。……では、右近少将殿。私はこれで」

猶子の少将とは異なり、左中将は左大臣の実子である。参議の側が遠慮してその場を離れていく。

「珍しいですね。義兄上(あにうえ)があああいった方とお話しなさっているのは」

参議の姿が十分に遠くなってから、左中将がそう言って笑う。咎(とが)めているということはない。少将には政で上に行く意志がない。そのため、積極的に上の方々に話し掛けるということもないからだ。

「最近評判の法師は、上達部が呼び寄せることも多いと聞きまして。……月影法師というそうですが、左中将様はご存じで？」

少将が月影法師の名を口にすると、左中将は苦笑いを浮かべた。

「ああ、例の。……義兄上の手前、言いにくいことではありますが、右大臣様が、『どうも藤袴は信用ならない』とおっしゃって、聖と噂の月影法師を宮中にお召しになろうとされているようですよ」

右大臣が小侍従を信用できないと言っていることも腹立たしいが、さらにあの法師を宮中に呼ぼうとしている話に、少将は思い切り眉をひそめた。

「宮中に、ですか？　それはまた、各方面から抗議の声が上がりそうな……」

「ええ。陰陽寮の者たちも苦い顔をしておりました。そのことに対する宮中の抵抗を削ぐために、必死に上達部に法師を紹介しているようですよ。……その法師のことで何か気になることでも？」

少将は左中将の目を見て、わずかに迷ってから事実だけを伝えた。

「小侍従が見かけた話を聞き、気になっただけです」

「そうですか。……それで、その藤袴殿のお加減はいかがでしょうか？　藤袴殿の不在を、右大臣様は好機到来とお考えのようで、このままでは主上に奏上しかねないご様子とのことです」

左中将は言ってから、そっと少将の耳元に囁いた。『三条の兄上からです』と。

左大臣の二人いる妻（妾は妾で何人かいる）のうち、左の女御の実母でもある三条の御方様側の長男である。猶子である少将より年下で、梓子と同じ歳であるが、少将より位は高い。なにせ、元服と同時に今の少将と同じ正五位下となり昇殿を許され、いまでは従四位下にして蔵人頭である。その蔵人頭からの伝言という名の状況報告要請だ。

左の女御は、当然のことながら筆の件を左大臣に報告済みのはずである。それが蔵人頭には伝わっていないということらしい。左大臣の後継を自負する自分が蚊帳の外というのは受け入れがたいのだろう。ただ、これは、けっして蔵人頭が傲慢なのではない。蔵人頭は非常に生真面目な性格なので、知りたいのではなく、知っていなければならないと思っているのだ。

左中将は、蔵人頭というより三条の御方様に遠慮がある。蔵人頭側からすると、猶子ではあるが年上の少将に直接聞けないことも、左中将を使えば……というところだろう。

出家騒ぎを経て出世の道を外れた自分などに、何を警戒しているのか。もしくは、いきなり直接話をするのではなく、最近になって近しい仲になった左中将を通すのが筋道だとでも考えているのか。事情を知る者は少しでも少ないほうがいい時に困ったことだ。

少将は多少呆れながら、でも、左中将への信頼は本人に示すべく耳打ちした。

「御耳を……」

小侍従の筆の重要性は、左中将も『もものえ』の時に聞いている。その彼ならば、この話の重要性を理解できるという信頼だ。

「そういうことですか。それは内密も当然のこと。三条の兄上にもひっそりと報告するようにします。藤袴殿が動けないのは痛手ですが、たしかに宮中に居れば何を言われるかわかりませんから、ご判断は正しいと思います」

少将の信頼に応え、左中将は小侍従の筆が紛失したことの重要性を理解し、さらにささやき声で続けた。

「範囲の特定が第一でしたら、私のほうでも周辺で物が消える事象が発生していないか確認しましょう。モノであれば、声の使い分けぐらいはするかもしれません。それで男が対象でないというなら、それはそれで範囲が絞れるというもの。……なにより、物が消えることが頻発しては、近衛府に属する者として見過ごすわけにはいきません」

左中将の提案はありがたいものだった。今の段階で何をすることが有効なのかをよくわかっている。小侍従がこの場にいれば、『モノ慣れている』と称賛することだろう。

「助かります。あと……兼明殿をお借りしてもよろしいだろうか？」

ここで兼明の上司に会えたのだ、これぞ好機と言える。兼明を借りないわけにはいかない。好機到来は右大臣だけのものではないのだ。右大臣が月影法師を招き入れる前に、その危険性を確かめる必要がある。『こうげつ』であるなら宮中入りを阻止せねば。少将は、左中将に会心の笑みを見せた。

一刻後、少将は兼明と二人、牛車に揺られていた。

「事情は分かりました。……とはいえ、昔も近くで見ていたわけではないので、この人物に間違いないと断言できるかどうか」

呼び出された理由を聞いた兼明は、自信なさそうに首を傾げる。

「かまわないよ。『この人物かもしれない』であっても、ただ怪しむことしかできない状態が、警戒に値する状態になるならば、話は違ってくるからね」

宮中で会うのとは異なり、二人とも狩衣に烏帽子に着替えている。

「お互いに私服というのは、なかなかないね。……とはいえ、宮中での武官装束で牛車に乗っているというのは、見られた時に誰であるかすぐに見当がついてしまうし、より不審な印象を抱かれる。月影法師を招きたい貴族は多いと聞くから、様子見に来ている貴族の一人と思われるほうが目立たなくていい」

兼明は少将の説明を承諾しつつも、少将と二人で牛車に揺られていることに居心地の悪そうな顔をしていた。

「物の怪の類は、我々の目とは違う目で物を見ているらしい。子どもだった者が大人になったとしても、たやすく見分ける可能性が高い」

それは兼明だけの話ではない。小侍従が覚えていなくても、『こうげつ』の側は小侍従を憶えていて、現在の姿でもわかるかもしれない。

「それで梓姫をお連れではないんですね。ありがとうございます。姫を大事にしてくださって……」

「兼明殿には通じるね。……小侍従は自分ももう一度見たいとずっと言っていたよ」

広げた蝙蝠の裏でため息をついた少将に、兼明がいきおいよく頭を下げた。

「すみません、うちの姫が……。あ、牛車が止まりましたね。さっそく確認を」

半ば誤魔化して物見から外を覗いた兼明は、しばらく人だかりの中心を見つめていた。さすがに幼い頃の記憶を遡っているせいか、眉を寄せて難しい顔をする。

少将も物見から覗いてみた。人だかりの中心に細面の僧侶が立っている。横でまだ見ていた兼明がようやく月影法師への印象を口にして物見を離れて腰を下ろす。

「いや……。あんな穏やかな顔をする感じじゃなかったはずです。全体に細いし」

たしかに小侍従が聞いたという兼明の『こうげつ』への印象は、強い存在だった。『つきかけ』にいたっては怖い存在と表現していた。それでいくと、月影法師はあまりにも穏やかで優しい顔立ちをしている。

「月影法師は真の聖であったか……」

呟いた少将に、兼明が立ち上がる。

「聖？　あの御仁が？」

兼明が驚きとともに再び物見から外を覗いた。

「ああ。『月影の聖』と言われているそうだ。上達部にもお召しになる方がおられるだけでなく、ある御方は宮中に招こうとおっしゃっているそうだ」

少将が言うと、先ほどよりも眉を寄せて外を覗く兼明が、やや乾いた声で言った。

「これは『こうげつ』であるか否か、とは別の話での発言ですが……」

そう前置きを口にする兼明は、まっすぐに人だかりの中心を見つめていた。

「あれは、たぶんただの僧侶じゃないですよ。……俺は近づきたくない。同時に斬らねばならないという感覚に急かされます。宮中にお召しになる前に、父か兄たちに確認してもらったほうがいいと思います」

それは小侍従が信頼する兼明の持つ武家の感覚というものらしい。

「小侍従は、あの法師が清浄すぎておかしいと言っていたよ」

「ああ、なんとなくわかりま……」

言葉を止めた兼明が少将の衣を下に引きながら腰を下ろす。

「少将様、すぐに離れましょう」

早口で言って、車の後方から外にいる牛飼いにすぐ車を移動させるように声を掛けた。

「どうしたんだい？」

少将を振り向いた兼明の表情は緊張に硬くなっていた。牛車が動き出してようやく、兼明が口を開く。

「あの法師、俺のほうを見ました。しかも笑った……」

少将はすぐに外の牛飼いに、方違いを理由に友人宅へ向かうように命じ、先触れを出すように言いつける。いま直接二条邸に戻るわけにはいかない。少将の中のモノ慣れた感覚がそうしたほうがいいと告げていた。

■ 四 ■

少将が友人の頭弁の邸から二条邸に戻ったのは、翌日の夜ことだった。兼明は友人宅の従者に紛れ込ませて、先に帰らせた。

梓子は、二条邸に戻った少将を彼の曹司まで出向いて迎えた。

「……その後は問題なく？」

直接邸に帰れない旨の文はもらっていて、状況もわかっている。それでも梓子は問わずにいられなかった。

「いまのところ。……たしかにほかの者たちとは異なる視線であっただろうが、あれだけの人に囲まれ視線を浴びている中で、私たちに気づくとは思わなかったよ」

少将が苦笑いを浮かべる。梓子は少将の話を反芻し、眉を寄せた。

「兼明殿の『斬らねばならない』と感じたことが気になります。多田の統領は、それと知らずに物の怪と対峙したときに、そのような気になるとおっしゃっていました」

少将が頬を引きつらせた。

「多田の統領って、あの物の怪退治で有名な方だよね。……それはますますあの法師が怪しいという話になるけど、兼明殿によれば、『こうげつ』ではないんだよ。まったく次から次へと。京はいったいどうなっているんだ」

文句を言いたくなる気持ちもわかる。頷き同意を示した梓子は、少将と二人、盛大に文句を言おうとしたところで、御簾の向こうから声が掛かる。惟信の声だった。

「殿。左中将様より御文が届いております」

この邸に仕える者たちの中では高位の惟信が自ら持ってきたのだ。左中将から内密な文として扱うようにと添えられていたのかもしれない。

「小侍従、灯りを寄せてくれ」

言われて灯台を少将が座る畳の近くに移動させる。

文を読み終えた少将は、すぐに灯台の火で文を燃やした。重い内容だったと見える。燃えていく文を見据えている横顔に、梓子はそっと尋ねた。

「……左中将様の御文にはなんと？」

燃え切ったのを確認してから少将が梓子のほうを見た。

「思っていた以上に月影法師を推す者が増えているようだ。右大臣に同調する者が出てきている。このままでは、あの者が宮中に入ることになる……」

それを許すわけにはいかない。『こうげつ』ではないが、それでも危険な人物である疑いがある。

「……とはいえ、怪しいと訴えたところで右側の反撃にあうのは目に見えている。宮中の誰が傾倒しているかもわからないんじゃ、うかつに反論もできないね。まずは、宮中にどれだけ月影法師の影響が広がっているかを確認するよ。参議様は、そこまで強く傾倒しているようなことは言っていなかった。誰がどれほどあの法師に傾倒しているのか。右側だけなら、養父上に言って、左側として対抗する必要がある」

　そこまで口にしてから、少将は二人分の文を送る準備を始める。

「左中将様への返信と一緒に、養父上にも文を出しておこう。右大臣様を止められるのは、主上と養父上だけだからね」

　ことは、政争になる可能性をはらんでいた。同時に宮中の危機でもある。

　モノを縛ることしかできない梓子の手の届かないところへ進みつつある。

「こんな時に縛ることもできなくなって……。わたしには何もできない……」

　梓子は、袖で月明かりを避け、その裏で俯いた。

　周囲の人々の優しさに守られているとわかっている。

　だからこそ、いたたまれなさに、何か行動しなければという気持ちになるのだ。

　梓子は、いまの自分にできることは、なんとしてもすると決めて、顔を上げた。

「お気持ちはわからなくもないですが、これは、あまりよくありませんよ。小侍従様」

　惟信の言いたいことはわかる。少将からは二条邸に居るように言われているのに、内緒で京の下のほうまで出てきたのだ。惟信としては、少将から『小侍従の望むことはできるだけ叶えてあげてね』と言われているだけに、微妙な板挟み状態にあり、二条邸を出る時からずっと非常に渋い顔をしている。

「……それでも、なにか視えれば……、少将様のお役に立てるはずなんです」

筆がない今、梓子にあるのは目だけだ。モノを視る目。ただ、視えすぎる目は人と物の怪を区別できない。だから、ひたすら見つめて違和感を見出すよりない。

惟信だって、これが少将の役に立つからと梓子が言ったことで、折れてくれたのだ。次の機会はないだろう。ここで必ずや結果を出しておきたい。

牛車の物見からその人物を見る。貴族、それも上達部ともつながりがあるというのに、いまも庶民に囲まれて過ごしている。その在り方は、たしかに聖と言われるだけのことはある。だが、どこかが違う。そのどこかを知りたい。

梓子は、月影法師を見つめることに集中していて、間近の気配に気がつかなかった。

「ずいぶんと熱心に見ているじゃないか？　あれと、どういう関係だい？」

首筋に鋭く長い爪の先が触れる。梓子は悲鳴を呑み込んだ。声を上げれば、そのまま喉を切り裂かれそうな予感に、背筋がビリビリしてくる。

誰かが入ってくる音などしなかった。いくら物見から外を覗くことに夢中になっていたとしても、牛車に人ひとり乗り込んでくるのがわからないわけがない。

いったい誰が……。梓子は視線だけ横に向け、相手を確かめようとした。

その視線の先、居たのは見知った顔だった。

「……もしや、呉竹様？」

それは、梓子が宮仕えの当初に世話になった老練の女房、呉竹だった。

「……おや、小侍従殿じゃないかい？　ああ、本当に久しいねぇ」

呉竹は、梓子の首筋から手を退けた。

向き合ったところで、声が聞こえたのか、簾を上げて、惟信が顔を覗かせた。

「小侍従様、どうなさいました？　どなたかと話して……。そちら、どちらさまで？」

惟信が呉竹に気づき、梓子に問いかける。

「大丈夫です、惟信さん。……こちらの方は、わたしが宮中でお世話になった方で、呉竹様です」

梓子が呉竹を紹介するも、惟信は額に手をやった。

「はあ……。いや、し、しかし、いったいどこから御乗りに……？」

梓子は言葉に詰まる。『すずなり』が片付いてすぐの頃に知ったことだが、呉竹は常の人ではない。姿形を持ち、場所に縛られていない様子からも、物の怪に至っている存在と思われる。

「そこは……、後宮女房だけが知る裏技というやつです！」

惟信は無言で簾をおろした。多くは聞かない。ありがたい従者である。

常になにかしらに憑かれている少将の乳母子なのだ。こうした状況に、察してくれているのかもしれない。主従で『モノ慣れ』しているというところか。

「言い切ったね。おまえさんも後宮女房として体得せねばなるまいよ」

呉竹は、楽しみにしていると笑った。誰にも見られずに牛車に乗り込むなど、梓子の技の範疇にない。それ以前に、常の人にできる範疇にもない。

常の人ではない呉竹だからできることだ。首筋に触れた爪は、鋭く長かった。今目の前にいる呉竹の指先とは明らかに違う。

呉竹には、月影法師を見ていた梓子に、あの爪を突き立てた理由があるはずだ。

「……呉竹様にお尋ねしたいことがございます。月影法師をご存じなのですか？」

月影法師が何者なのか、呉竹は知っている。祓う側と祓われる側の敵対関係か、あるいは、同じ側だからこその敵対関係か。

「その顔、見つめていたのではなく睨んでいたのかい？　……ならば、おまえさんとは話し合うべきだろうね。じゃあ、まずは、そっちの話を聞かせてもらおうか」

呉竹の話すように促す表情が怖い。梓子は臓腑を見えない手で握られている気がした。嘘や誤魔化し、隠し事の類を一切許さない表情だ。梓子は細く長い呼吸をしてから、月影法師について知っていること、『こうげつ』という物の怪ではないかと疑っていることを話した。月影法師が聖と呼ばれるほど高名で、上達部ともつながりがある話をしたところ、呉竹は鼻先で笑った。

「なるほど。おまえさんの言う『こうげつ』とやらのことはわからないが、あの『月影法師』と呼ばれている男のことならわかるよ。……あれは、とっくの昔に死んでいるはずの男さ。その死んだ男の皮を何者かが被っているんだよ」

言われていることをすぐには理解できず、梓子は呆然としていた。

「あの男は、もう五十年以上前から私の獲物だ。なのに、横から奪ったあげくに、その皮をまとって、月影法師を名乗っているのさ。腹立たしい話だろう？」

何かが、死者の皮を被っている。たとえでなく、本当に。梓子は物見からもう一度、月影法師を確認しようとしてやめた。

知ってしまった以上、おそらく、もう二度と穏やかな表情をした僧侶に見えることはないだろうから。

■　五　■

広くない牛車の中、梓子は物見からわずかでも距離を取った。

携行用の硯箱はない。二条邸から持ってきたのは、ごく普通の硯箱である。梓子はすぐに筆の準備をして、文を書いた。

「惟信さん。宮中におられる少将様に大至急、これをお渡しください」

簾の下のほうから文を差し出す。

「畏まりました」

「それから典侍様をお訪ねするので、温明殿にいらしてほしいとお伝えください」

内裏へ向かう指示を兼ねて、梓子は簾の向こう側に言った。

「お呼びだてするなど、本来あるまじきことではありますが、月影法師を支持する者が上達部にもいるという話がありましたから、通常少将様の周囲にいる誰にも聞かせられません。誰が誰とつながっているか、表向きはわかりませんから」

惟信が離れると、背後の呉竹が鼻を鳴らす。

「宮中の生き方がわかってきたじゃないか」

「呉竹様のおかげです。たくさんのことを教えていただきました」

呉竹が目を細めた。

「……小侍従殿は、相手が誰だろうと、人が物の怪と呼ぶ存在であろうと、変わらず挨拶してくれるじゃないかい。そりゃあ、長く宮中に居てほしいと思うさ」

単純に見分けがついていないだけなのだが。梓子は身を小さくした。

「そ、そういえば、わたしはこれから内裏に向かいますが、呉竹様はどうなさいますか？　呉竹様は以前、『よくないもの』がいるから宮中を下がられたわけですが、それはもう消えたのでしょうか？」

梓子は、その『よくないもの』は、『あたらよ』の名で縛ったモノだと考えていたが、呉竹に確かめたわけではないので気になった。もしかすると、まだその存在が宮中に居るのではないか。呉竹はそれを警戒して、内裏には来ないかもしれない。そう思って尋ねた。

「それは行ってみないとわからないねえ。……あの『モノ喰い』は貪欲だ。モノでは足らず、人をモノに寄せて喰うこともある。なにごともなきゃいいんだけれどね」

　恐ろしい言葉が立て続けに出た。

「モノがモノを……。そんなことがあるんですか？」

　さらに『人をモノに寄せて』とは、どういうことだろう。

「あるとも。……おまえさんも知っているだろうが、モノは人々の噂から発する。その噂がモノの本能を決める。だから、そもそもの噂話が『モノがモノを喰う』話ならば、当然そこから発したモノはモノを喰う」

　呉竹の言う『モノの本能』とは、梓子が言うところの怪異の目的のことだろう。怪異話の終わり方は、それを元に発した側からすれば、抗いがたい本能ということになるようだ。

「驚くほどのことじゃない。モノがモノを喰うのも、モノが人を喰うのと同じくらいによくある話だ。鬼を斬る太刀も、怪異殺しの弓もある。それらももとを正せばモノ喰いのモノだ。神性なんてものは後付けさ。……ああ、喰うといえば、あの法師だって中身は人喰いだろう。最近ではなさそうだが、確実に一人は喰っている。化けの皮を被っているところを見ると、元は狐狸の類だろうよ」

　先に頭に浮かんでいた疑問が吹き飛ぶ。

「月影法師が、人を……？」

母が草紙から解き放ったと思われる存在、その『こうげつ』が人喰いを？　なんて危険なモノを……物の怪を……、なぜ世に放ったのだ。

「小侍従。しっかりおしよ。内裏に行くんだろう？　奴はまだ内裏の外にいる。奴のことよりも先に内裏で片付けたい件があるんじゃないのかい？」

言われて我に返る。

「ありがとうございます、呉竹様」

「よおし。では、行こう。面倒はごめんだから、私は視える者にしか視えないようにして一緒に入らせてもらうよ」

呉竹は宣言通り、梓子が牛車を降りる時には一人になっていて、惟信を驚かせた。

梓子が内裏に着いたところで、惟信が文を持たせた者が戻ってきた。

「小侍従様。光影様はちょうど温明殿に行っておられるとのことです」

「ああ、例の件で。……わかりました。わたしはこのまま温明殿に向かいます」

梓子は届ける必要がなくなった少将宛ての文を受け取り、内裏に入った。

「例の件？」

呉竹の声が耳元近くで聞こえた。梓子はひとりごと程度の声で呉竹に答える。

「実は温明殿で怪異が発生していて。誰かに呼ばれて場を離れている間に物が消えているんですよ」

「聞いているだけだと怪異とは思えないねえ。……なんだって人は、なんでもかんでもこっちのせいにするかね」

呉竹が憤慨する。そういう傾向が無きにしもあらず、ではあるが、今回は、まだ怪異と決めてかかってはいない。

「いいえ。典侍様も人かモノか見極めたいとおっしゃっていました」

典侍は、なんでもかんでもモノのせいにしない。梓子だけでなく、甥には兼明がいるからだ。なにからなにまで怪異による事象というわけではないと知っている。

「……ただ、右大臣様をはじめとする一部の方々が、今回の件を怪異と決めつけておりまして、祓える者として月影法師を宮中に呼ぼうとまでおっしゃっているようです」

陰陽寮の卜占の結果が人とも怪異ともはっきりしないことも、右大臣側を勢いづかせている原因らしい。

「あれを宮中に呼ぶ……？」

呉竹の声が険しくなったところで、渡殿の向こう側から見知った顔が現れた。

「少将様！」

「小侍従、なぜ宮中に戻っているんだ？　……まさか、そっちもなにかあったのかい？」

少将が梓子の手を取り、急ぎ廂のほうへ引き込む。

「なにがあったにしろ、宮中に戻るなんて危ないことを」

少将が少し屈(かが)んで梓子の顔を覗(のぞ)き込む。

人目を避けたのはわかるが、呉竹が近くにいるのがわかっている梓子としては、急ぎ廂を出たい。

「そっち も……ですか？　宮中でなにが？」

必死に仕事の話にもっていこうと尋ねた。

少将が表情を険しくする。

「例の怪異だよ。温明殿で、また消えた。しかも今度は、目の前で女房が衣ごとスーッと消え失せたんだ」

物ではなく、人が消えた。梓子がそのことに驚いている耳元で暢気(のんき)な声がした。

「おや。そりゃ、さすがにこっちのせいだね」

呉竹の声だ。やはり間近にいたようである。

「しょ、少将様。とにかく温明殿に向かいましょう」

今度は梓子が少将の手を引き、温明殿の典侍のもとへと急ごうとした。

「ちょっと待って、小侍従。……一点だけ、典侍様のところに行く前に聞いてほしいことがある」

梓子が足を止めると、少将がその場で蝙蝠(かわほり)を開き、その裏でささやいた。

「ニオイはした。でも、私ではどこにいるのかわからない。君の目で視てもらいたい」

「つまり、まだ温明殿にモノがいると？」

いや、おかしい。モノや妖（あやかし）は場とのつながりが強固で、怪異事象が発生した場を基本的に動けない。モノや妖には自我がないから、自身の意志で動こうとすることもない。動くとしたら二つの場合が考えられる。まず、怪異の発生条件がそもそも広範囲である場合。『つきかけ』がこれにあたり、宮中内の複数個所で現れた。次に器物に憑（つ）いていて、その器物が人の手で移動する場合だ。これには『あかずや』や『くもかくれ』の例がある。

今回、物が消える事象は、温明殿以外でも確認されている。事象は移動しているのだ。だが、物の怪（もののけ）ではない。物の怪であれば、陰陽寮の卜占で、はっきりと示されたはずだからだ。

「私も一点、気になっていることがあります。典侍様にお会いする前に、少将様にも聞いていただきたいです」

「もちろん聞くよ」

少将が首を傾け、梓子の声が届きやすいような体勢をとる。

「少将様、思い出してください。……物が消える怪異。その噂話を、我々はどこかで耳にしたでしょうか？　物が消えることがある。でも、それを完全に怪異によるものとしては、典侍様も語っておられなかったはずです」

梓子の問いに、首の傾きを戻した少将が、しばし無言で考える。

「それって、……怪異の噂話なしにモノが発生したことにならないかい？　あるいは、誰かがすでにモノになっている器物を利用している？」

彼の結論に梓子は頷いた。

「少将様がニオイを感じたなら、その誰かは、なぜか温明殿を動いていないようです。逆に言うと、温明殿を動けない人物がいます」

「君の目ならば、その誰かが視える？」

「おそらく。……少将様がニオイを感じるならば、怪異は発動中です。黒い靄が出ているはずですから」

少将は少し考えて、すぐに行動方針を決める。

「わかったよ、小侍従。君が視るための時間は私が作ろう。典侍様にお願いして、温明殿の者たちを再び集めていただく。小侍従は、後ろのほうから確認を」

「はい」

梓子の返事を確認し、少将は典侍に交渉すべく、来た廊下を戻る。

「物わかりのいい若者だったんだね、右近少将は」

「ですよね。少将様は大変モノわかりがいい方なんです！」

梓子が声を弾ませると、呉竹が微妙な沈黙のあと、ため息交じりに言った。

「……若干違う気もするが、それでいい。私が言いたいことは、頑張りなってことだ」

なぜか応援された。梓子は「はい。頑張ります」と確認作業に気合を入れる。

呉竹の再びのため息が聞こえた気がしたが、今度は続く言葉はなかった。

それを問いかけている場合ではない。モノわかりの良さでは少将に引けを取らない典侍がすぐに内侍所の女房たちを集めた。女房が消えた件でわかったことがあるという話で召集をかけたために、誰もが緊張した顔をしている。

「皆、集まりましたね。さきほどまで右近少将殿とお話ししていた件で、新たにわかったことがあるので、皆を呼びました。まず、これから伝えることは落ち着いて聞くように」

典侍がそこまで言ってから少将に続きを譲る。

少将が場に集められた女房たちを見渡す。そして、最後尾にいる梓子を見つけ、ひとつ頷いてから話し始める。

「重ねて言う。どうか落ち着いて聞いてほしい。……物を消す怪異は、まだ内侍所を動いていないようだ」

落ち着くように言われていたが、女房たちは動揺しざわついた。少将は、皆が落ち着くのを待っている風を装って沈黙する。

梓子は女房たちを後ろから見渡すが、黒い靄は見えない。

「発動が終わってしまった……？」

呟(つぶや)く梓子の耳元で呉竹がささやいた。

「小侍従殿。よくごらん。おかしなものが視えるだろう？」

言われて梓子は女房たちだけを視る視線から、広くこの場を視るように意識する。

「……なんですか、あれ？」

梓子の目が、典侍と少将の斜め後ろに吸い寄せられる。

こんな場所になぜか白い衣が置かれていた。

「この場で中務殿が消えたのを目にした者もいるから、怯えるのも無理はない。だが、安心してほしい。怪異は狙いがあって内侍所に留まっているというより、内侍所から動けない状態にあるようだ」

人が消えたのは、この場のことであったらしい。梓子はその話でようやく衣の正体に気がついた。

「……呉竹様。わかりました」

梓子が呟けば、呉竹が笑う。

「ああ、この上なくわかりやすいね。愚かだ。……おそらく、自分のしたことがよくわかっていない者だろう。モノわかりはよくないだろうから、気をつけて行っておいで」

「……はい」

梓子はその場の女房の一人のように振る舞っていた状態から立ち上がり、典侍と少将の居る前方へ向かった。

「え？　小侍従じゃない？」

気づいた元同僚の女房たちが、先ほどまでとは違った意味でざわめく。

彼女たちは知っている。小侍従と呼ばれる女房が、自分たちには何もないように見える方向へと進んでいくとき、その向かう先には小侍従にしか視(み)えていない存在がいることを。

「少将様、そこです！」

梓子は、少将と典侍の間を抜けたところで、ほかの者には見えない衣をつかんで、引きはがした。

そこに女房が一人、うずくまっている。

その姿を見て、集まった女房たちの前のほうにいた数名が騒ぎ出す。

「中務殿？　ご無事だったのですね！」

少し前に、この場所で、人々の前で姿を消した女房。

「……なぜ、ここに居ると？」

うずくまっていた女房が顔だけ上げて梓子に問う。その顔に梓子は見覚えがあった。

「ん？　……貴女(あなた)は、弘徽殿に居た方ですよね？」

弘徽殿で、梓子に殿舎内を案内してくれた女房だった。たしか、女房名は『麻』。

「……彼女は、右の女御様が宮中を辞したことで、内侍所に異動してきた」

少将が梓子に耳打ちする。弘徽殿から内侍所に異動になったことで、右の女御から賜った個別の女房名を失い、いまは中務と呼ばれているらしい。

その中務は、隠す衣がなくなったことで梓子の目には首から下がほぼほぼ黒い靄に埋もれている状態に視えている。少将もモノのニオイを感じているのだろう。警戒している視線で中務を見据えている。

梓子は中務の前に身を屈め、彼女の先ほどの疑問に答えた。

「不自然に置かれた衣が視えたからです。衣が貴女を隠しても、衣自体は視える者の目には視えます。……物を隠さず、自身を消したことはいい発想だったと思います。ですが、そのせいで貴女は移動できなくなってしまった。……でも、もう隠しきれませんよ」

梓子が中務に言ったことで察したのだろう。典侍が大至急で中務の局を確認するように数名の女房に命じる。

「衣で覆った物は人の目に見えなくなる。貴女は衣を被って自身が消えることで、怪異の犠牲者を装ったのでは？　機を見て、衣から出て、生還したことにすればいい。そうすれば、すべてを誤魔化せる……そう思ったのではないですか？」

この場に残っている女房たちがざわついている。

「中務殿は、いったいなにを誤魔化そうと……」

誰かが口にした疑問に梓子が答えるより前に、中務の局に行っていた内侍所の女房たちが戻ってきた。

「典侍様。こちらを」

女房たちは手分けして抱えてきた物をその場に並べていく。

「それは、先日、小少将殿が消えたと申していた櫛箱ではありませんか」

「この料紙は、たしか讃岐殿がおっしゃっていた……」

失せ物がまとめて出てきたことに、内侍所の女房たちが驚きの声をあげながら、持ち主を確認していく。

「こちらの香や絹は、どなたのかしら？」

誰かが問う声に、梓子は、ようやく思い当たった。『うつしみ』の件で、弘徽殿に仕える女房たちに、何か気になる事象が起きていないかを確認した際に聞いていた時に挙げられた消えた物だ。

「それらは、おそらく弘徽殿で消えたものです」

「……弘徽殿で？　では、以前いた殿舎でも……」

内侍所の女房たちが啞然とした表情で中務のほうを見る中、少将は並べられた物からひとつを手に取ると、安堵の表情を浮かべた。

「小侍従の硯箱だ」

梓子の硯箱を見つけた少将が、すぐに手に取って中を確認する。

「……中の筆も無事だね。良かった」

その言葉に梓子も安堵した。だが、いまだ座り込んだままの中務は悔しげに呟く。

「ふ、筆なんて、どれも同じじゃないですか。あんなにたくさんあったんだもの、一本ぐらい私に……。香だってそうしょう。置いておくだけで使わないなら」

ほかにも同じ物を持っているならば、置いておくだけならば、ちょっと壊れただけで捨てるのならば、自分がもらってもいいじゃないか。この考え方だから、中務は弘徽殿で怪異に触れたはずの物を目の前に、もったいないという言葉が出てきたのか。梓子は瞬間、納得した。

一方で、中務の言葉を聞いて激怒したのは典侍と少将だった。

「同じではありません。それになんですか、その『一本ぐらい』とは？　ここにあるものすべてそのような考えで奪ったというのですか？」

「そうだ、同じじゃない。小侍従の筆は特別な筆で、この世に二つとない。この硯箱もそうだ。携行できるように私が特別に作らせて贈ったもので、ほかにない。それぞれの物には、持ち主や贈った者の思い入れがある。なんの思い入れもない物をわざわざ宮中に持ち込んだり、持たせたりしない。ここぞというときに使う、ただそこに在るだけで支えになる。そういう物がある。櫛も香も硯箱も、その人にとっての大事な支えだ」

二人から責められて、中務が怯む。

「そんな物、私には……」

あらゆる方向から注がれる視線を避けて俯くも、逃げることは許されなかった。

「なかったから奪った？　……誰かからなにかを奪えること自体が、価値を否定する行為だよ。自分で価値を否定して手に入れた物に、本当に価値を感じることなんてできるわけがない。奪える程度の物だと最初から下に見ているからね。……でも、物の真価は、価値を理解している者の手にあってこそ発揮されるんだ。君がどれも同じと言った筆が、どれだけ特別なものか、己が身で試してみるかい？」

　少将は携行用の硯箱の中から水差しを手に取ると、硯に傾けた。

「これは、片手に硯箱を持ったままで書けるところまで進められるように、私が作らせた物だから、使い方はちゃんと知っている」

　水で濡らした細く小さな硯に墨を滑らせる手つきは、たしかに慣れていた。誰が言葉を挟む間もなく、梓子が母から継いだ筆の先が墨をふくんだ。

「少将様、筆をこちらに！　あと、その衣を押さえていてください」

　梓子は懐に入れてきた草紙を取り出し、少将のほうへと手を差し出した。

「わかった」

　梓子は渡された手に馴染んだ筆を構え、衣のモノを縛ろうとした。

　だが、ここで突如声が割って入る。

「その者は、こちらで引き取ろう。弘徽殿に仕えていた女房なのだから」

「右大臣様」

　その場の全員が声のしたほうを見て、慌てて平伏する。

　帝が来たわけではない。でも、なにかが、この場の者たちに平伏を強いた。

「まずいよ、小侍従殿。月影に持っていかれたら！」

　呉竹が、平伏した梓子に早く顔を上げるように急かす。

　なぜここで月影？　そう思った梓子が顔だけ上げると、右大臣の後ろに居た人物が顔を覗かせた。

「おや、悪しきモノを宮中に連れ込んだ者が居るようですよ、右大臣様」

月影法師だった。その目はまっすぐに梓子の斜め後ろを見ている。呉竹が視えているのだ。梓子でさえ、いまの呉竹を視ることはできないというのに。

危険だ。中身が何モノであれ、月影法師に衣を持っていかれるわけにはいかない。

「悪しきモノ……？　やはり、小侍従は……」

周囲の女房たちが、ざわめいている。悪しきモノが梓子であるかのような視線を向けられている。月影法師とは違い、ほかの者たちの目には呉竹は視えておらず、月影法師の視線の先に梓子しかいない。だから、そのような誤解をしたのだろう。

「ここは賢所に近い。そのような場所で、そなたは、いったい何をするつもりだったのだ？　藤袴よ」

月影法師が示した方向に梓子を見た右大臣は、責める言葉とは裏腹に、ひどく満足げに笑んでいた。女房たちと同種の誤解をしているのかもしれない。だが、今回ばかりは誤解だと堂々反論できる状態ではない。少なくとも、月影法師が言ったことは正しい。呉竹が常の人ではないことを梓子は知っている。首筋に突き立てられた鋭い爪先、あの瞬間の殺気。悪しきモノであることは間違いないとわかっている。だが、悪しきモノそのものである月影法師に言われたくはない。梓子は月影法師を睨んだ。

その梓子の視界に見慣れた武官装束の背中が割って入る。

「右大臣様、お待ちくださいませ。小侍従は今まさに悪しきモノを縛ろうとしておりました。連れ込んだわけではございません！」

少将の言葉に、女房たちも『ああ、そういう話か』と悪しきモノである中務の衣に視線をやる。典侍も急ぎ右大臣に訴えかけた。

「そういう話にございます、右大臣様。お引き取りになるのは中務殿でございましょう？　藤袴殿は、その中務殿に憑いていたと思しき悪しきモノを縛ろうとしておるのです。そちらは、右大臣様の引き取りの範疇にありますまい。しばし、お待ちを。さあ、藤袴殿。頼みますよ！」

典侍が場の空気を決し、皆の意識が右大臣の返事に傾いたその時、月影法師を睨んでいた梓子の目に、聖には程遠い酷薄な笑みを浮かべたまま、身体を床に沈ませていく姿が映った。

■　六　■

「少将様！」

梓子は叫んで、目の前の少将の衣を両手で思い切り引いた。突然のことで、そのまま後ろに倒れ込んだ少将の目の前で、床から湧き上がった汚泥が月影法師の姿に形を変えていく。事態を把握する一瞬の間のあと、内侍所に女房たちの悲鳴が響いた。

まだ半ば汚泥の状態で、月影法師が梓子の手からこぼれた筆に手を伸ばす。

奪われる。梓子はすぐさま筆を拾い上げ、草紙に歌を綴った。

月影法師の狙いは衣だ。この場で、右大臣の前で、月影法師としての体面を捨てるほどに手に入れたい衣だ。渡すわけにはいかない。

「しのぶれど　いろにいでにけり　わがこひは」
隠していたのに、恋心が顔色に出てしまっていたようだ
「ものやおもふと　ひとのとふまで」
物思いをしているのかと人が尋ねるほどに

「その名、『しのばず』と称す！」

言の葉の鎖が衣を搦め捕り、草紙に縛る。その重みが梓子の腕の力を削っていく。最初に縛った『あかずや』の時のように、器物からモノを引きはがす余裕がなかった。

「隠しても、周囲の人に見えてしまうわけか。衣の怪異を全否定だ」

少将が小さく笑った。そのとおりだ。梓子は、衣の怪異を全否定すべくこの歌を選び、名を与えたのだ。

歌は、拾遺集に収められた平兼盛のもので、内裏で行なわれた歌合で詠まれた一首である。心に秘めた想いだったのに、表情に出てしまって、隠すことができなかったとい

う歌だ。また、名のほうは、隠すことがモノの本質だから、怪異として発動しても、隠すことができないように、『しのばず』の名で縛った。

月影法師から距離を取らせる。

「お疲れさまだったね、小侍従。あとは任せて」

衣が草紙に縛られたのを確認してから、少将が疲弊した梓子を背後から抱き寄せて、月影法師から距離を取らせる。

「中務殿！」

典侍が意識を失ったらしい中務を揺さぶっている。

「あの者になにをした？」

右大臣が迫ってくる。少将が庇うように腕に梓子を抱えたまま身体を反転させた。その背後で、呉竹の声が響いた。

「右大臣よ。そなたこそが悪しきモノを宮中に招き入れたのだ！」

頭上からの声に続いて、室内に渦巻く突風が吹き荒れる。少将が振り返り、その衣に守られている梓子も、突風に御簾が激しく揺れるのを見た。

「そなたは、この呉竹を怒らせた。覚悟いたせ！」

怒声のあと、月影法師を頭から貫く青い火柱が立った。

身体が青い火柱に包まれても、月影法師は少しの動揺も見せない。そのことが不気味だった。さらに不気味なことに、火は紙を燃やすように月影法師の表面だけを焼いていきその下から別の人の姿が露わになった。

「これは……いったい……何者？」

右大臣がその場にへたり込んで、青い火柱の中の人を見上げる。

「何者だろうと気に入らないね。その皮の男はこの呉竹の獲物であったところを、よくもまあ好き勝手にしてくれたものだ」

女房装束の呉竹が火柱の前に姿を現すと、火柱の中の何者かの腕を掴んだ。

「よくよく見れば、そなたせいぜいこの二十年程度の新参ではないか……」

これに月影法師だった者がニタリと笑う。

「そういうことです、呉竹様。この皮は呪物集めの過程で手に入れたものにすぎません。責められるのは理不尽かと」

火柱が消えた。現れたのは剃髪していない法師姿の男だった。月影法師とは異なり、穏やかでも清らかでもない。背が高く体格もしっかりしていて、顔立ちは荒々しい。多田の邸でよく見ていた武人たちのようだ。

場の全員が、梓子さえもが呆然としているところに、複数の足音が近づいてくる。騒ぎに宮中警護が駆けつけたようだ。

「梓子！　無事か？　内侍所でなにか……」

誰よりも早く兼明が飛び込んできた。だが、そのままほかの者たちと同じく、呆然として立ち尽くす。

「あんた、本当に生きて……」

兼明は月影法師だった者を見ていた。相手も視線を兼明に移すと眉を寄せる。

「多田の若君か。とうに元服したというのに、いまだに身を弁えず小姫の周りをちょろちょろしているとは驚きだ」

法師の手が兼明に向けられる。梓子は思わず叫んだ。

「兼明殿！」

だが、法師の腕を呉竹が再度握って、その動きを制止した。

「……そなたが、小侍従の言っていた『こうげつ』か？」

呉竹が問う。法師は呉竹の手を振りほどこうとはせず、そのまま応じた。

「勝手につけられた名だ。それを自ら名乗ったことはない」

「否定はせぬか。……皆、急ぎ下がりや。この者、呪いをいくつも身に付けておる。さすがに何の準備もなしに全部はさばききれない」

状況を理解するより早く、女房たちがその場から逃げ出していく。

「まったく。……誰も彼も小うるさいばかりだ」

法師に女房たちを追う気はないようだ。宮中警護にこの場から引きずり出される右大臣にも興味がない様子で、ただそれを眺めている。梓子も少将に手を引かれたが、これまでにない疲労に、立ち上がりが遅れる。少将に支えられて近い御簾から出ようとしたが、呉竹の声に足を止めた。

「小侍従殿、右近少将殿。すまない。……おまえさんたちに託す」

肩越しに振り返った梓子は、呉竹の身体が傾き、倒れる瞬間を見た。

「呉竹様！」

駆け寄ろうとしたが、少将に止められる。それを振り切る力が今の梓子にはない。

「駄目だよ、小侍従。……あれは駄目だ。私に憑く何かも、あれに近づかせまいとしている。足が床に縫い付けられたように動かないんだ」

少将がきつく梓子を抱きしめて制止する。そうしていないと、彼自身がその場に立っていられないかのように。

「ですが、呉竹様が……」

少将を見上げ、梓子はなんとか倒れた呉竹の許（もと）に行こうとした。だが、月影法師の声に諫（いさ）められた。

「従者を責めてはいけませんよ、小姫。……その者は、貴女（あなた）を守るという本分を貫こうとしているだけですから」

従者とは少将の事を言っているらしい。明らかに仕える者に見えない少将になぜそんなことを言うのだろう。

「これは従者の義務感からの行動ではないんだけど。……まあ、あの顔はわかって言っているんだろうね。その程度の皮肉に煽（あお）られて、私が小侍従を放して前に出るとでも？」

「失礼しました。無謀の愚を犯すのは、狐一匹でしたね」

呉竹の反論する声が聞こえてこない。少将の腕の中で身を反転させた梓子は、月影法師の足元に倒れる狐を見た。大きく白く、尾がいくつかに分かれている狐だった。

「落ちたようですね。さすがは狐。この場で圧するだけなのに呪物を五つも潰(つぶ)されるとは。こちらとしてもせっかく集めた呪物をこれ以上は無駄に失いたくはないので、あなた方も終わりにしていただけるなら幸いですね」

終わりも何も、梓子に縛れるのは、物の怪(もののけ)未満のモノと妖(あやかし)だけだ。ここまでの物の怪を前に、なにかできることはない。

「これですべてが終わりじゃない。……その顔、よく覚えておく」

少将が梓子を背後から抱きしめたまま、正面に立つ男に告げる。

呉竹がこの男から月影法師という化けの皮をはがした。今、目の前に立つその姿が『こうげつ』自身の姿形だ。梓子もまた忘れるものかという思いで、その姿を見つめた。

「ふーん。小姫も、大姫に……母親に負けず劣らず悪趣味だ。そんな守られるばかりの甘やかされた男の、なにがいいのやら……」

皆が逃げ出したこの場で、月影法師は『こうげつ』であることを隠す気がないらしく、梓子の母の話まで持ち出して苦笑する。

「……あの方と一緒にされるのは心外だ」

言い返した少将に、法師は眉を片方だけ器用に上げた。

「なんだ、小姫の父親を知っているのか？　大姫も手抜かりな。あれほど娘を利用されりました」

「いえ、知らずに利用されかけたところを、少将様が暴いてくださって。それで、わかないために隠すと言っていたのに」

梓子が少将を庇うことを言えば、月影法師が声を低くして、梓子に問うてきた。

「は？　……あの男……どこにいる？　呪物の三つぐらい投げつけてくる」

月影法師は明らかに憤っている。梓子が利用されそうになったことに怒りを感じているようだ。そのことを、どうとらえていいのか、梓子はわからなかった。

「……無駄遣いは避けたいのでは？」

話の方向性を変えれば、月影法師が鼻を鳴らす。

「なに、無駄遣いではない。これは、かつての主への忠義の一環だ」

主への忠義、その言葉が梓子の心を揺さぶる。『こうげつ』に対して、どういう立場をとればいいのかわからなくなってきた。世に放たれた物の怪として、これをどうにかすべく動くべきなのか、あるいは母の傍らにいたという彼に、きちんと継承できなかった御業について尋ねるべきなのか。

梓子の迷いを察して、少将が対話を引き継いだ。

「もうあの方は終わっている。自滅したようなものだ。……名ばかりの地位を与えられ、あの方が望む表舞台に出ることは永遠にないだろう」

すでに呪うに値しない人物になった。少将がそう言えば、月影法師はにやりと笑う。

「それは重畳」

　本気で嬉しそうだ。

「小姫の言うことが正しければ、そなたが、あの男を追いつめたか。では、此度は許すとしよう」

　月影法師が笑みを深くして、少将を見た。

「だが……、我も覚えたぞ、その顔を」

　言った次の瞬間、月影法師が目の前まで距離を詰めていた。後ろに下がろうとするもとっさに動けず、頭だけのけぞらせた少将の額を、月影法師が人差し指の先で軽く小突いた。

「なにを！」

　少将が腕に抱いた梓子ごと、後ろに下がる。

　少将の警戒に、月影法師が口の両端だけ上がった不自然な笑みで言った。

「我は、どこぞの狐のように己が獲物を野放しになどしない。誰の獲物であるかを知らしめるための印を刻んだだけだ」

　後ろへと下がる少将に、また一歩分、月影法師が近づくと、今度は梓子に声を掛ける。

「まともに動けぬくせに、無理をするものではないぞ、小姫。大姫と小姫では元の器が違うのだ。大姫は異能の血筋を取り込んできた大器。小姫はそれを半分も受け継げていない」

やわらかな声は、人々に囲まれて話をしていた月影法師のそれだった。化けの皮なはがされたが中身は変わらない。この聖と呼ばれるに相応しい声や雰囲気も、『こうげつ』の一面なのだ。

「御業の多用は寿命を縮めるだけだということを、よく憶えておくといい」

月影法師は、言うべきことは言い終えたとばかりに、今度は梓子の額を軽く小突いた。

次の瞬間、梓子は重くなった瞼に逆らえず目を閉じた。

「小侍従！」

少将の慌てる声が聞こえる。瞼が重いが、意識はまだわずかながら残っている。

「静かに。……疲れているのだ、寝かしてやってくれ」

焦る少将とは異なり、月影法師は落ち着いた声のまま話を続けた。その声そのものに、眠りを促す力を宿しているのだろうか。梓子は意識が急速に遠のいていくのを感じた。

「まったく皮肉なことだ。この筆こそが呪物だな。……大姫は、小姫が御業を継ぐことを望んでなどいなかったというのに」

梓子は言われている意味を考えられぬまま、完全に眠りへと落ちた。

「では、な」

そう言って去っていく言葉が、聞こえた『こうげつ』の声の最後だった。

■　終　■

内侍所の大騒動から三日。少将は、梅壺にお渡りの帝に、今回の件の報告をすべく、御前に座していた。場所は梅壺であるが、御前に居るのは少将一人だった。梓子は、今回の縛りの負荷がこれまでより大きかったらしく、二条邸で療養中である。

「温明殿の件は、怪異であり怪異ではなかった、というところか」

帝の確認に、少将は頷いた。

「なぜ、梅壺に出向いてまで藤袴の筆を？」

帝の隣に並ぶ左の女御が、少将に問いかけてきた。

「当初の目的は違っていたようです。小侍従の御業を信じていなかったあの女房は、右の女御様の鏡と鏡箱は、小侍従の手元にあると思っていたそうです。そのために梅壺まで出向いたのだと」

意識が回復した中務だったが、地位も名誉も信頼も回復することはなかった。

衣の怪異は、そもそも『うつしみ』の鏡箱の中にあり、鏡を包んでいた衣だったという。右の女御が自ら物を壊したあと、割れた鏡の代わりに『うつしみ』の鏡を出したのが中務で、衣はその時に、ただ綺麗だったから手元に置いたそうだ。そして、その衣がどういうものかに気がついたのちは、積極的に利用したのだ。

「草紙に縛りましたので当たり前ですが、小侍従の局で鏡を見つけることはできませんでした。……ただ、そこにあった硯箱を見て、その美しさに欲しくなったから、それを持っていこうと思った……とのことでした」

少将は報告しながら、中務から話を聞いた時のことを思い出し、改めてゾッとした。彼女の話には、奪った事実だけがあって、そこに謝罪も反省もなかった。彼女は最後まで、何一つ悪いことをしたとは思っていないようだった。

「特別な筆というのは、当たらずとも遠からずではあるな」

帝の言葉に少将は我に返る。そして、思い出した不快感をそのまま口にした。

「それでも、言い訳にもなっていません。ほかの者から奪った香や衣、鏡に料紙……。どれも自分が持っていなくて羨ましかったから欲しくなった、と」

縛ることで、その怪異とつながっていた人の心にも影響があると、梓子は『うつしみ』、『みちなき』を縛ったあとに言っていた。だが、中務のように懊悩も執着もなかった場合には、影響のしようもないのだろう。

「手元にないなら奪えばいいでは、世が成り立たないな」

帝が呆れる。ただ、少将の報告から、中務には何を言っても通じないと悟ったのだろう。話題を別のものに替えてきた。

「それで、『こうげつ』とやらの件は、どうなった？」

衣の怪異の報告とはいえ、これを聞かれる予想はしていた。なので、少将は用意していた回答で応じる。

「かねての予想通り、すでに物の怪となっておりますので、小侍従の手には負えません。ただ、いくつもの呪物を持ち歩いていると申しておりました。その目的は明らかにしていませんでしたが、無駄に使いたくないと言っていたので、なにかしらの狙いがあると考えられます。警戒と対処が早急に必要です。……そちらは、専門の者にお願いしたく」

帝が『わかった』とだけ答える。あとは、専門の者に託そう。少将は安堵に一呼吸してから、最後に聞いておくべきことを尋ねた。

「それで右大臣様は、今回の件をどのように……？」

「もちろん、無関係を主張しているよ。『知らなかった、自分も騙された』と言ってはいるね。どこまで知らなかったんだか」

帝は面倒そうに脇息にもたれた。

「まあ、今回は目を瞑る。右大臣に知らなかったでは済まさぬと言えば、ほかの月影法師とやらを招こうとしていた公卿にも同じことを言わねばならなくなるからな。朕の朝はいまだ人数が少ない。多くを罰しては政が動かなくなる。政で揉めているほうがまだいい。……かつてのように、政争のその先で国に呪詛をかけられるよりは、よっぽどいい」

疫病の大流行は、庶民だけでなく殿上人の数も大きく減らした。ようやく、政争ができる程度まで人が増えた。

疫病は周期的に流行る。経験則として、病に罹った者を隔離するなどの手立てもある。だが、国家を相手にした呪詛となると、公卿たちでは対処しかねる。かつて、この国には国家を相手にした呪詛があり、京を放棄し、新たな地に京を建てることになった例もある。その時、最終的に落ち着いた京が、今のこの地に造られた京だ。

「どうした、少将。落ち着かないな？」

「いえ。……まだ起きた出来事のすべてを呑み込めていないのです。特に『こうげつ』の件では、わからないままのことが多すぎまして。もうしわけございません」

少将が平伏してから頭を上げると、帝と左の女御が顔を見合わせていた。

「……なるほど。つまりは、藤袴が気になるということだな？　致しかたない。下がってよい。藤袴の回復は我々も気になるところだからな」

「ええ。……少将殿。先ほどの件、承りました。後宮でも専門の者を手配して、隅々まで確認させましょう」

二人して、少将を下がらせようとする。

「ありがたく。……失礼いたします」

今回ばかりは、その言葉に甘えることにした。

梅壺の母屋を下がり、少将は二条邸へと帰る。その牛車に揺られながら、自分の額に指先で触れてみる。

なにかがそこにある。そう感じるのに。触れても何があるわけでもなく、誰かに見えるものでもないようだ。

「……こっちは感じなくなったな。あれほどしつこく何かしらが憑いてきたこの身に、何も憑いていない日がくるなんて」

月影法師が言っていた。自分は守られ甘やかされていると。

以前から漠然と、あの黒い靄は亡くなった母ではないかと思っていた。幼い頃から幾度祓ってもモノが寄ってきた。いつの頃からかそれらを祓うことを諦めてしまっていたから、ずっと同じモノが憑いていたのか、そうではなかったのか、それすらもわからないが、もしかすると、より悪いモノが憑かないように母が守ってくれているのではないかと、そう思っていた。

ただ『こうげつ』のように強くはなかったために、時に憑くモノの数が増えることもあった。それでも、最悪の事態には至らぬように守られてきたのではないだろうか。

「でも、これは新しい守りではない」

額に触れた月影法師は、これを自分の獲物であることを知らしめる印だと言っていた。『こうげつ』は、とても強い物の怪だ。その獲物に近づこうとしたモノは月影法師の強さに怯えて逃げてしまう。だから、これは、少将にモノが近寄ってこなくなっただけのことであって、何かに守られているのとは違う。

自分の身に、まるで最近までの弘徽殿のように異様なまでの清浄さを感じる。同種だとしたら、弘徽殿のあれも、きっと月影法師が仕掛けたことなのだろう。

「怖いな。……たしかに甘やかされていたようだ」

物心ついて以来、なにも憑いていない状態が三日続いているのは初めてだった。

少将は、自分に憑くモノを祓うと梓子に約束していた。だが……。

「こんな形で、憑きモノがいなくなったとしても、なにも安心できないじゃないか」

むしろ、不安が増す。額の印が、彼女の特別な目にだけは視えるのではないかと思うと怖くなる。憑きモノが消えた身では、もう怪異のニオイを感じることができないのではないかと不安になる。もし、怪異がわからなくなってしまっても、彼女の隣に居てもいいのだろうか。彼女を変わらず支えることができるのだろうか。

わからないことが多すぎて怖い。わかってしまうことも怖い。三日経っても、落ち着くことができないままだ。

まだ夏の初め、『もものえ』のあとで梓子と交換した蝙蝠を抱えて、目を閉じる。

あの日の約束を、お互いに果たしたはずだ。自分は梓子に邸を用意し迎えることができた。梓子は歌を返してくれるようになった。これから自分たちは本当の意味で始まるはずだ。それなのに、そのことがこんなにも不安と恐怖に満ちているなんて。

「そんなこと、言えるはずもない……」

手にした蝙蝠から、まだかすかに梓子の香の匂いがした。

「おかえりなさいまし、少将様」

「うん、帰ったよ。もう起きて大丈夫なの？　無理をしてはいけないよ」

迎える声に、梅壺の局でもないのに、御簾の前で腰を下ろした。

何を察したか、御簾の端から白い狐が出てきて、庭へと下りていった。

御簾越しに二人きりになる。夏の夜の涼風が心地好い。この場に満ちる静けさが、胸のざわつきを癒していく。

「……いい夜だね」

こうして御簾を隔てて話をする、穏やかな夜が、ずっと続けばいい。

そう祈る気持ちが、顔に出ていそうで御簾を上げることもできずにいる。

まだ、しのぶ物思いのままでありたいから。

【主要参考文献・サイト】

『「御堂関白記」全現代語訳　上』藤原道長　倉本一宏・訳　講談社学術文庫
『「権記」全現代語訳　中』藤原行成　倉本一宏・訳　講談社学術文庫
『拾遺和歌集』小町谷照彦、倉田実・校注　岩波文庫
『新版　古今和歌集　現代語訳付き』高田祐彦・訳注　角川ソフィア文庫
『有職故実　上・下』石村貞吉　嵐義人・校訂　講談社学術文庫
『新訂　官職要解』和田英松　所功・校訂　講談社学術文庫
『源氏物語図典』秋山虔、小町谷照彦・編　須貝稔・作図　小学館
『有職植物図鑑』八條忠基　平凡社
『日本の装束解剖図鑑』八條忠基　エクスナレッジ
『日本服飾史　男性編』『日本服飾史　女性編』井筒雅風　光村推古書院
「建築知識」２０２２年８月号　エクスナレッジ
「有職故実の世界　別冊太陽　日本のこころ　２８７」八條忠基・監修　平凡社
摂関期古記録データベース　https://rakusai.nichibun.ac.jp/kokiroku/
和歌データベース　https://lapis.nichibun.ac.jp/waka/menu.html
風俗博物館　https://www.iz2.or.jp/top.html

本書は書き下ろしです。
この物語はフィクションであり、実在の人物・地名・団体等とは一切関係ありません。

宮中は噂のたえない職場にて 三

天城智尋

令和６年　７月25日　初版発行
令和６年　９月25日　再版発行

発行者●山下直久

発行●株式会社KADOKAWA
〒102-8177　東京都千代田区富士見2-13-3
電話　0570-002-301（ナビダイヤル）

角川文庫 24245

印刷所●株式会社KADOKAWA
製本所●株式会社KADOKAWA

表紙画●和田三造

●お問い合わせ
https://www.kadokawa.co.jp/（「お問い合わせ」へお進みください）
※内容によっては、お答えできない場合があります。
※サポートは日本国内のみとさせていただきます。
※Japanese text only

ISBN 978-4-04-115116-7　C0193

角川文庫発刊に際して

角川源義

第二次世界大戦の敗北は、軍事力の敗北であった以上に、私たちの若い文化力の敗退であった。私たちの文化が戦争に対して如何に無力であり、単なるあだ花に過ぎなかったかを、私たちは身を以て体験し痛感した。西洋近代文化の摂取にとって、明治以後八十年の歳月は決して短かすぎたとは言えない。にもかかわらず、近代文化の伝統を確立し、自由な批判と柔軟な良識に富む文化層として自らを形成することに私たちは失敗して来た。そしてこれは、各層への文化の普及滲透を任務とする出版人の責任でもあった。

一九四五年以来、私たちは再び振出しに戻り、第一歩から踏み出すことを余儀なくされた。これは大きな不幸ではあるが、反面、これまでの混沌・未熟・歪曲の中にあった我が国の文化に秩序と確たる基礎を齎らすためには絶好の機会でもある。角川書店は、このような祖国の文化的危機にあたり、微力をも顧みず再建の礎石たるべき抱負と決意とをもって出発したが、ここに創立以来の念願を果すべく角川文庫を発刊する。これまで刊行されたあらゆる全集叢書文庫類の長所と短所とを検討し、古今東西の不朽の典籍を、良心的編集のもとに、廉価に、そして書架にふさわしい美本として、多くのひとびとに提供しようとする。しかし私たちは徒らに百科全書的な知識のジレッタントを作ることを目的とせず、あくまで祖国の文化に秩序と再建への道を示し、この文庫を角川書店の栄ある事業として、今後永久に継続発展せしめ、学芸と教養との殿堂として大成せんことを期したい。多くの読書子の愛情ある忠言と支持とによって、この希望と抱負とを完遂せしめられんことを願う。

一九四九年五月三日

ISBN 978-4-04-114411-4